AF191977

JERRY FINISIE

VAN WAAR JE OOK KOMT!

Dena, een gedreven jongen met een helder
beeld over zijn eigen ontwikkeling

Dit boek is ook als
e-book
verkrijgbaar.

w w w . n o v u m p u b l i s h i n g . n l

© 2024 novum publishing

ISBN 978-3-99131-863-7
Eindredacteur: Helen Chang
Geredigeerd door: George Orie,
Ine van Gerwe
Omslagfotos en Ontwerp omslag:
RABBX Digital Branding
Ontwerp lay-out & typografie:
novum publishing
Auteursfoto: Harvey Lisse

www.novumpublishing.nl

Climate neutral
Print product
ClimatePartner.com/16547-2201-1002

MOTIVATIE EN TOEWIJDING

Het leven is gelijk voor iedereen, niemands leven is meer waard dan dat van de ander. Het zal liggen aan de keuzes die je maakt. Ben je content met waar je bent of ga je verder groeien en je verder ontwikkelen? Dit telt ook voor de marrons in het binnenland van Suriname of andere gemarginaliseerde groepen elders in de wereld.

Geen of minimaal vervolgonderwijs na het gewoon lager onderwijs en minimale kansen om zich te ontwikkelen. Toch zie je dat er veel jonge marrons zijn die de kansen aangrijpen en zich scholen. Je moet misschien harder werken en soms tweemaal harder omdat je een achterstand hebt, maar het is niet onmogelijk.

Onze voorouders hebben hard gevochten voor hun vrijheid en wij moeten nu hard werken aan onze ontwikkeling.

Jerry Finisie

INHOUD

WOORD VAN DANK

Het is de droom van velen om eens een boek te schrijven en vandaag houdt u mijn droom in uw handen. Dit boek handelt over gedrevenheid, wilskracht en hard werken. En om eerlijk te zijn moest ik in mezelf geloven en een beroep doen op deze eigenschappen om dit boek te voltooien.

Maar natuurlijk heb ik dat niet alleen gedaan en daarom wil ik op de eerste plaats George Orie bedanken voor zijn niet aflatende ondersteuning en begeleiding gedurende het proces. Ook wil ik mijn moeder, mijn vrouw en mijn kinderen bedanken. Ik ben zeer erkentelijk voor hun morele steun en motivatie bij alle activiteiten die hebben bijdragen tot het bereiken van dit eindresultaat. Een woord van dank tot slot ook aan allen die hetzij actief of passief aan de totstandkoming van dit product hebben bijgedragen, is alleszins op zijn plaats.

Ik draag dit boek op aan wijlen mijn broertje Denis en aan mijn vader André Finisie, zaliger gedachtenis.

Jerry Finisie

Dena is een jongen uit een minderheidsgroep en een arm gezin uit het binnenland van Suriname. Als jonge persoon komen er al heel wat uitdagingen op je levenspad. Jongeren uit achtergestelde buurten of minderheidsgroepen hebben daarbovenop extra uitdagingen waarmee zij moeten leren omgaan. Er zijn vaak verschillende verleidingen en afleidingen die je zult moeten ontwijken wil je toch succes boeken met je leven. Dit alles moet je doen zonder dat er een duidelijk rolmodel uit jouw gemeenschap bestaat van wie je kan leren. Ook moet je als persoon toch de juiste keuzes weten te maken om succesvol door te gaan in het leven. Welke rol speelt je omgeving daarbij en wat is de invloed van een stabiel gezin?

Het verhaal van Dena legt heel wat van deze uitdagingen bloot die voorkomen in het leven van jongeren uit het binnenland van Suriname. Het is een spannend verhaal met heel veel levenslessen voor jongeren over het algemeen, maar in het bijzonder voor jongeren uit achtergestelde gebieden of minderheidsgroepen. Het is een verhaal met ware gebeurtenissen waarmee jongeren uit het achterland van Suriname te maken hebben. Daarom kan dit dienen als inspiratiebron voor deze jongeren. Dit verhaal laat zien wat gedrevenheid in de mens kan helpen bewerkstelligen; van waar je ook komt. Het is zeer informatief en vol met acties die leiden tot een succesvol leven met de juiste keuzes, doorzetting en hard werken.

Succes is een pad, niet een eindhalte.

Jerry Finisie

DEEL I
HET LEVEN IN HET DORP

Brownsweg is een dorp in het district Brokopondo. Het ligt aan de westelijke oever van het grote Brokopondostuwmeer en is genoemd naar de weg die leidt naar de Brownsberg, een markant punt in het omringende landschap dat tot natuurpark is ingericht. Brownsweg is gebouwd als transmigratiedorp voor de bewoners van het gebied dat door de bouw van de Afobakadam onder water kwam te liggen. Brownsweg is een cluster van zeven transmigratienederzettingen, te weten Birihoedoematoe, Ganzee, Makambi, Kadjoe, Djankakondre, en Wakibasoe 1 en 2. Wakibasoe 1 werd als eerste gesticht. Tegenwoordig is er ook een Wakibasoe 3 en Maleiakondre (volkswoningen). Deze verzameling van gemeenschappen heet weliswaar Brownsweg, maar elk dorp heeft zijn eigen identiteit. In feite zou je Brownsweg als geheel als een kleine stad in wording kunnen zien, waarbij de dorpen de kernen vormen.

Brownsweg is ook de naam van een van de ressorten binnen het district Brokopondo, maar dit ressort bestrijkt een groter geheel dan de genoemde dorpen. Het ressort Brownsweg telde 4.793 inwoners in 2012 en omvat ook het dorp Nieuw-Koffiekamp. Mede door de ligging kan Brownsweg worden gezien als een overgangsdorp tussen de meer traditionele dorpen in Boven-Suriname en de dorpen beneden het stuwmeer. Volgens de dorpelingen telt het dorp momenteel ongeveer 5.000 mensen.

Sommige straten in Brownsweg zijn recht, wat ongewoon is voor dorpen in het binnenland. Dat komt omdat de huisjes er allemaal in één keer zijn neergezet tijdens de transmigratie in de jaren 60. Maar ook merk je dat achter de kaarsrechte straten de huisjes weer kriskras door elkaar staan volgens het normale dorpsbeeld in Suriname.

In de namiddag wanneer de zon minder fel schijnt, komt het dorpsleven op gang. Mensen kunnen dan vaak zittend voor hun huis worden aangetroffen, bezig met allerlei karweitjes die eerder op de dag niet konden worden uitgevoerd. Mannen zijn nauwelijks te zien: die zijn doorgaans nog aan het werk, hetzij bij een lokaal opererend bedrijf, hetzij ergens anders in de bosbouw- of mijnbouwsector. Het bij elkaar wonen in een dorp leidt in meerdere of mindere mate tot aansluitende functies en activiteiten. In het verleden was deze bedrijvigheid vaak aan huis gebonden, maar later zijn ook afzonderlijke bedrijven ontstaan. Daarbij valt ook te denken aan scholen, kerken en organisaties. Vanuit het oogpunt van sociale samenhang kan gesteld worden dat een dorp een hechte gemeenschap heeft: men kent elkaar, er is meer sociale controle. Het dorpse karakter is ook te herkennen in de benamingen van lokale voorzieningen zoals de *kuutu wosu* oftewel de dorpsvergaderzaal.

Ook het op korte afstand even snel een boodschap doen is zeer prettig, want er is altijd een dorpswinkel vlakbij. De band tussen de mensen die bij zo'n winkel hun inkopen doen, is groot. De winkel is de moderne ontmoetingsplek geworden. Voor dorpen die dieper in het binnenland zijn of dorpen langs een rivier is de ontmoetingsplek nog altijd de rivier.

Aan de Adinsaweg nummer 14 te Wakibasoe 1, Brownsweg staat het winkeltje met pal daarnaast het woonhuis van de familie Tamango, bestaande uit acht personen: vader, moeder en zes kinderen, van wie drie meisjes en drie jongens.

Een van de drie jongens krijgt de naam Lotje, maar hij laat zich Dena noemen. Moeder Kinti is naast de zorg voor het huishouden ook belast met de winkel, terwijl vader Kieto als operator (bestuurder van allerhande grondverzetmachines) een inkomen verdient. De kinderen Tamango scheppen er tegen hun vriendjes steeds over op dat hun pa alle voertuigen kan besturen: bulldozers, graafmachines, bussen, trucks, boten. Alleen vliegtuigen kan hij niet besturen.

Dena woont met zijn ouders en twee zusjes Beka en Jojo in Brownsweg. Hij en zijn zusjes zitten op school in het dorp: hij in de vierde klas van de muloschool en zijn beide zusjes in de vijfde en de derde klas van de lagere school.

Zijn andere zus Toiti en zijn twee broers Bere en Dewsoe wonen noodgedwongen bij familie in de stad Paramaribo waar ze vervolgonderwijs volgen. Dit kan niet anders om de simpele reden dat er in Brokopondo geen school voor voortgezet onderwijs bestaat. Toiti bezoekt de universiteit in de stad, Bere en Dewsoe zitten op de middelbare school: Bere in de eerste klas en Dewsoe in de derde.

Het onderwijs in Suriname wordt onderverdeeld in primair, secundair en tertiair onderwijs. Het primair onderwijs is het gewoon lager onderwijs (glo) oftewel de basisschool. Hieronder vallen openbare scholen (OS) maar ook particuliere scholen. De OS vallen onder beheer en gezag van de overheid. Het voortgezet onderwijs op juniorenniveau (voj) en het voortgezet onderwijs op seniorenniveau (vos) behoren tot het secundair onderwijs. Het voortgezet onderwijs is het reguliere onderwijs dat kinderen na afronding van het basisonderwijs volgen. Kinderen vanaf ongeveer 12 jaar gaan naar de voj-school. Deze duurt vier jaar. Leerlingen zijn normaal gesproken 16 jaar oud wanneer zij deze fase afronden. Er is een voj-school in Brokopondo en deze is de hoogste onderwijsinstelling in het district.

Als leerlingen hierna verder willen studeren, zijn ze genoodzaakt naar Paramaribo te gaan. De meeste kinderen van Brokopondo moeten dus op hun 16e jaar al naar de stad; dan wonen ze bij familie of in een internaat. Internaten in Suriname zijn vooral ontstaan voor jongeren die in de verre districten of het binnenland wonen en onderwijs in Paramaribo willen volgen. Als er geen internaten zouden bestaan, zouden veel jongeren uit het binnenland geen mogelijkheid hebben tot verder studeren.

Verhuizen naar een internaat of naar een familie in de stad is ingrijpend: het betekent weg uit de vertrouwde omgeving, weg van familie en vrienden in het dorp. Als beginneling moet de nieuwkomer proberen zijn draai te vinden in een nieuwe wereld met alle uitdagingen en valkuilen die hij op zijn weg zal tegenkomen. Hij moet daarbovenop wel stevig in zijn schoenen staan om niet in verzoeking te worden geleid.

HET GEZIN

Dena staat elke dag rond half zes 's morgens op om naar school te gaan. Om kwart over zes gaat hij uit huis en loopt hij naar de bushalte op de hoek van Kadjoe. Zijn twee zusjes slapen dan nog. Die hoeven niet zo vroeg op, want ze zitten op de glo-school in Brownsweg en de weg naar school kunnen ze makkelijk te voet afleggen.

Dena is een grote dromer en houdt ervan om over zijn toekomst te fantaseren. Vooral onderweg naar huis stapt hij bewust een bushalte eerder uit zodat hij een eindje kan lopen. Tijdens zo'n wandeling ziet Dena vaak een vliegtuig overvliegen. Hij blijft dan altijd even staan om het na te kijken totdat het niet meer te zien is. Hij vervolgt daarna zijn weg en terwijl het vliegtuig langzaam verdwijnt, dwalen Dena's gedachten af. Hij denkt aan zijn vader die elk voertuig kan besturen behalve een vliegtuig. Hij besluit om later piloot te worden, zodat hij vliegtuigen en helikopters kan besturen. Hij is aan het dagdromen, iets dat alle nieuwsgierige en fantasierijke kinderen doen.

Op school hoort hij spannende verhalen van jongens die na school naar *siksi* gaan om goud te zoeken. Siksi is een gebied waar aan open-pit-mijnbouw wordt gedaan. Goud wordt met de dag schaarser en de meeste van de rijkste goudaders van de wereld zijn reeds uitgeput. Dit maakt de jacht naar goud lucratief. De resterende goudaders laten zich echter niet zo gemakkelijk ontginnen. Ze liggen vaak in gebieden met sociale en ook ecologische uitdagingen.

Als de jongens goud vinden, verkopen ze dat aan de Chinese opkoper op de hoek van Wakibasoe 1. Op die manier verdienen ze wat geld. Waar zij dat geld voor gebruiken weet Dena niet. Wat hij wel weet, is dat hij in hun plaats dat geld aan zijn ouders zou geven om bij te dragen aan de kosten van de huishouding. Hij durft echter niet naar siksi te gaan, omdat mensen van het goudmijnbouwbedrijf dat actief is in het gebied regelmatig de school bezoeken om te waarschuwen voor de gevaren op de goudvelden. Het bedrijf heet Gross Gold Mines NV, kort gezegd Gross Mining of Gross, genoemd naar het dorp Gross village. Ze vertellen dat verschillende jongens en meisjes die zijn gezwicht voor de verlokking van goud en rijkdom, en daardoor de school vroegtijdig hebben verlaten vaak in heel moeilijke situaties zijn terechtgekomen. De meesten raken verzeild in de illegaliteit, dat wil zeggen de wereld van diegenen die zich niet storen aan de regels van de wet, waardoor ze in nóg grotere problemen komen.

Om het duidelijker te maken, halen ze het voorbeeld aan van een confrontatie tussen goudzoekers die zonder toestemming in de King Hillmijn van Gross Mining bezig waren, en securitypersoneel van het bedrijf en de politie. Bij dit treffen raakten drie medewerkers van Gross Mining gewond, toen zij werden aangevallen door de goudzoekers. Om te voorkomen dat de botsing verder uit de hand zou lopen, zag de politie zich genoodzaakt hardhandig in te grijpen. Daarbij werd een goudzoeker die zich in strijd met de wet op de concessie van Gross Mining bevond, door een politiekogel in zijn been geraakt.

Op school en ook daarbuiten doen verhalen de ronde van jongens die zonder toestemming naar goud zoeken en die worden opgepakt en opgesloten door de politie van Brownsweg. Er is wel geld te verdienen in de goudzoekerij en de goudhandel, maar zoals benadrukt door de mensen van Gross Mining, is dat niet van gevaren ontbloot.

Alle gevaren en waarschuwingen van ouderen en deskundigen ten spijt hoort Dena elke dag op school hoe winstgevend het is om je geluk in de mijn te gaan beproeven. Op een dag komt André, meer bekend als Delisi, een neef van Dena, met veel geld op zak naar school. Op de vraag hoe hij aan dat geld komt, vertelt hij dat hij naar siksi is geweest. Dit maakt de verleiding voor Dena om het ook eens te proberen groter, maar hij durft dit met niemand te bespreken. Zelfs niet met zijn zusjes met wie hij een heel hechte band heeft. Hij weet van tevoren wat zij zullen zeggen. Ook durft hij het niet te bespreken met zijn oudste broer, want daar zal hij een grote 'nee' krijgen. Zijn andere broer die wat toegeeflijker is, zal in dit geval ook negatief reageren. En hij hoort duidelijk de stem van zijn vader alsof die erbij staat net als tijdens hun laatstgehouden gezinsvergadering: 'Jullie mogen nooit ofte nimmer de mijn ingaan.'

De stille wens wordt een diep verlangen en hij wil praten met iemand van wie hij hoopt dat die hem zal helpen zijn idee tot werkelijkheid te brengen. Maar zo iemand is in zijn directe omgeving niet te vinden en hij heeft geen andere keus dan op school rond te kijken.

De band die van nature tussen Dena en zijn broers en zussen bestaat, is hechter door de opvoeding in het gezin. Opvoeden houdt in dat ouders hun kinderen begeleiden bij hun ontwikkeling tot personen die zelfstandig kunnen meedoen aan de samenleving. Dit hebben ouders Kinti en Kieto proberen te bereiken door:
- het bieden van een verzorgende en beschermende omgeving;
- het bieden van structuur door te zorgen voor regelmaat, orde en consistent handelen;
- het overdragen van kennis;
- het bijbrengen van waarden en normen door uitleg en informatie te geven, eigen verantwoordelijkheid te stimuleren, ongewenst gedrag te ontmoedigen of te negeren, en goed gedrag te belonen.

De ouders van Dena hebben zich in de opvoeding van hun kinderen laten leiden door de in hun ogen belangrijkste zes waarden, te weten:
- respect hebben voor anderen;
- goede manieren hebben;
- verantwoordelijkheidsgevoel hebben;
- verdraagzaam zijn;

- rekening houden met anderen;
- goede schoolresultaten behalen.

Kinti en Kieto staan volledig achter de bewering waarvan ze overtuigd zijn dat die juist is: dat mensen niet ontwikkeld worden, maar zichzelf ontwikkelen. Daarom doen zij hun uiterste best een duidelijke en voorspelbare omgeving te scheppen waarin zij als ouders duidelijke regels stellen, op een heldere manier instructies geven en snel reageren wanneer hun kinderen ongewenst gedrag vertonen.

De manier van opvoeding van Kinti en Kieto kan worden omschreven als democratisch of autoritatief, op gezag berustend. Een autoritatieve opvoeding is een opvoedingsstijl die zowel betrokken, begripvol en accepterend als controlerend, veeleisend en gezaghebbend is tegenover het kind. Deze stijl van opvoeden stelt redelijke grenzen, geeft uitleg, toont begrip en doet al deze dingen met gezag. Ouders die regels stellen en tegelijkertijd oog hebben voor de wensen en behoeften van hun kinderen zijn democratische of autoritatieve opvoeders. Zij geven leiding met liefde, houden rekening met de ontwikkeling van hun kinderen en voeren overleg met hun kinderen. De regels die ze stellen, onderbouwen ze met argumenten. Hun kinderen worden gesteund en aangemoedigd. Deze manier van opvoeden stimuleert het zelfvertrouwen en de zelfstandigheid van het kind. Het kind wordt als persoon gerespecteerd en zijn ontwikkeling wordt gevolgd. Er is wederzijdse openheid tussen kind en ouder. Kinderen die op deze manier worden opgevoed, zijn vaak opgewekter en doen het iets beter op school. Ze hebben minder gedragsproblemen en zijn weerbaarder tegen de negatieve invloed van sommige leeftijdsgenoten.

Dit klinkt allemaal heel geleerd, alsof Kinti en Kieto met uitgebreide, westerse, theoretische en praktische kennis zijn toegerust over de opvoeding van kinderen, maar niets is minder waar. Ze hebben beiden niet erg veel formeel onderwijs genoten, maar hebben vaak en veel aan zelfstudie gedaan en voelen daarnaast instinctief volgens hun gevoel en cultuur wat het beste is voor hun kinderen. Sommige dingen hoef je niet aan te leren, omdat je daar een natuurlijke aanleg voor hebt. Bovendien hebben ze in hun kinderjaren deze manier van opvoeden bijna precies zo ervaren. Het zijn dezelfde normen en waarden waarmee ze zijn opgegroeid. Dit is een duidelijk bewijs dat traditionele opvoeding en kennis wel degelijk bijdragen aan een goede opvoeding.

Maar opvoeden gebeurt niet alleen in de thuissituatie. Kinderen hebben naast hun ouders ook te maken met andere personen die betrokken zijn bij de opvoeding, bijvoorbeeld familieleden, buren, leerkrachten en medescholieren.

Het leven in Brownsweg is leuk. Na school is het eten meestal al klaar, want moeder heeft daarvoor tussen de bedrijven door gezorgd. Het winkeltje staat direct naast het huis zodat ze gemakkelijk van de toonbank naar de keuken kan gaan op momenten dat het niet zo druk is in de zaak.

Anders dan in andere gezinnen, vooral in Paramaribo, wordt het eten hier niet opgediend en gaat de familie ook niet echt aan tafel. Iedereen schept zijn of haar bord vol en zoekt een goed plekje op om te eten.

Het is meer regel dan uitzondering dat Dena en een van zijn zusjes uit hetzelfde bord eten. Niet omdat de familie geen borden genoeg heeft, maar zoals moeder Kinti steeds weer benadrukt, om te leren en de bereidheid te tonen voedsel met elkaar te delen. Ze laat het daarbij aan de kinderen zelf over om het eten eerlijk te verdelen en ervoor te zorgen dat ze allemaal voldoende krijgen. Dat hebben ze altijd zo gedaan met al hun kinderen. Dit draagt bij aan hun normen en hun sociaal en verantwoordelijkheidsgevoel.

Maar toen Dena kleiner was, had hij altijd een probleem: hij vond dat hij nooit genoeg te eten kreeg. Volgens de anderen echter at hij te veel, dus was het logisch dat hij klaagde niet genoeg te hebben gekregen. Dena had waarschijnlijk zonder dat hij zich daar bewust van was gewoontehonger. Hij en zijn broers en zussen aten op vaste momenten en in dezelfde situaties of bij dezelfde activiteiten. Niet altijd omdat ze echt honger hadden, maar omdat ze het nu eenmaal zo hebben aangeleerd óf omdat het volgens de mensen die thuis of op school de leiding hebben zo wordt voorgeschreven. Het voorgeschreven eetritme week duidelijk sterk af van Dena's hongerritme. Om zijn constante honger dus eigenlijk zijn gewoontehonger te stillen, had hij iets bedacht. Wanneer de ouders uren na de kinderen aan tafel gingen, pas na 5 uur 's middags als pa van het werk thuiskwam, kroop hij bij zijn moeder op schoot en begon met haar mee te kauwen. En dat terwijl zijn mond leeg was! Als zijn moeder dat na een poosje door had en hem vroeg waarop hij kauwde, zei hij: 'Ik kauw omdat ik honger heb, maar ik heb niets om op te kauwen; mijn mond is leeg.' Het hele gezin barstte daarop in lachen uit en zijn moeder stopte hem dan wat hapjes toe. De andere kinderen schoven aan en van papa mocht iedereen een hapje mee eten. Zo werd het samen eten van het gezin, vooral op de zondag, een traditie die goed beschouwd door Dena werd ingezet.

Na het eten hebben de kinderen nog wat vrije uren en mogen ze buiten spelen. Maar door de week mogen ze niet naar het voetbalveld; dat is alleen in het weekend toegestaan. Op doordeweekse dagen moeten ze hun huiswerk maken, waardoor maar weinig tijd overblijft voor sport en spel buiten.

Dena kan zich nog de keren herinneren dat zijn broers tegen de regels van hun ouders toch op een doordeweekse dag waren gaan voetballen. Eens kwamen ze pas tegen 18.00 uur thuis, een tijdstip waarop ze gebaad en wel naar het kinderprogramma op tv mochten kijken. De regel was dat ze van 18.00 tot 19.30 uur voor wat de tv betreft het rijk alleen hadden, dat ze konden doen en laten wat ze wilden, maar dat ze na 19.30 uur moesten delen met vrienden en buren die bij hen naar het STVS-journaal kwamen kijken. Er waren in die tijd niet zoveel tv's in het dorp, dus gingen de mensen vaak kijken bij anderen die wel een tv-toestel hadden. Dat was kenmerkend voor het gemeenschapsleven in het dorp met een verscheidenheid aan groepen en organisaties voor jong en oud, waar iedereen zich thuis kon voelen. Omdat ze pas tegen 18.00 uur thuiskwamen, hadden de broers een slimme streek bedacht. Om te voorkomen dat ze gepakt werden, bleven ze tot half 8 buiten. Tegen die tijd kwamen enkele buren om naar het STVS-journaal te kijken. Omdat de jongens wisten dat hun vader niet op hun binnenkomst zou reageren in het bijzijn van de buren, slopen ze snel binnen en gingen gelijk in bad. Binnen 30 minuten waren ze gebaad en hadden ze hun avondmaaltijd, brood dat al door moeder was klaargezet, opgegeten en gingen ze naar bed. Ze dachten daarbij dat hun overtreding onopgemerkt was gebleven en dat ze straf hadden ontlopen.

Tegen 5 uur de volgende ochtend schrok Dena wakker, omdat hij zijn broers hoorde huilen. Toen hij opkeek, zag hij zijn vader in de slaapkamer staan met zijn broekriem in de hand. Wat er gebeurd was, kon hij wel raden: zijn broers hadden voor hun ongehoorzaamheid een pak slaag gekregen. Ze huilden dikke tranen en waren nauwelijks in staat te beloven dat ze het niet weer zouden doen. Op dat moment prees Dena zich gelukkig dat hij niet met Dewsoe en Bere was meegegaan.

Hij als jongste zoon en de meisjes hebben nooit klappen gekregen. Maar *boys will be boys*, jongens blijven jongens, en zijn oudere broers moesten het wel een paar keer aan den lijve ondervinden wanneer ze het te bont hadden gemaakt en hardhandig moesten worden aangepakt. Zo in de zin van: wie zijn billen brandt, moet op de blaren zitten. Dat betekent dat je als je iets doms doet, je de gevolgen moet dragen. Door de veranderingen in de samenleving waarbij een pak slaag al gauw wordt gezien als kindermishandeling, verandert ook het type straffen dat de kinderen krijgen voor ongehoorzaamheid.

De ouders zijn nog altijd mens. En het geduld van elk mens heeft een eind. De ene ouder kan iets langer wachten zonder boos te worden dan de andere, maar ook dit wordt vaak beïnvloed door oorzaken die buiten hun invloed liggen. Ze ervaren het als vervelend wanneer ze eens hun geduld verliezen en kwaad worden, maar het is wel normaal. Daarbij zullen kinderen moeten leren dat ook ouders een grens hebben, dat alle waarschuwingen niet eindeloos zijn, hoewel dat soms erop lijkt.

Kinti en Kieto maken er geen gewoonte van om uit te varen tegen hun kinderen, maar hebben achteraf geen schuldgevoel wanneer dat toch eens gebeurt. Zeker niet wanneer de kinderen steeds de grenzen van het toelaatbare opzoeken, steeds onderzoeken hoe ver ze kunnen gaan. De gestrafte broers geven toe dat ze straf hebben verdiend, ook al zijn ze het niet eens met de lijfstraf.

De drie jongens slapen in één kamer en de meisjes in een andere. Onderlinge ruzies duren daarom dan ook niet langer dan één dag, omdat die 's avonds kunnen worden uitgepraat. Moeder heeft ze bovendien steeds voorgehouden dat het niet goed is om te gaan slapen met een onopgelost meningsverschil. Dit zal ook belangrijk zijn voor later in hun leven wanneer zij een partner hebben. 'Praat je ruzies uit voor je onder de dekens kruipt. Je zal niet goed kunnen slapen als je al ruziënd gaat slapen. Als we boos zijn, stijgt onze bloeddruk en dat is niet goed voor onze slaap. Probeer dus op tijd je emoties, je opwinding te beheersen, zodat je niet midden in de nacht nog tegen elkaar ligt te mopperen. Ruzies komen in de beste families voor, maar een ruzie moet niet worden gezien als een wedstrijd, want dat zou betekenen dat er een winnaar en een verliezer is. Verhoudingen tussen broers en zussen draaien niet om winnen of verliezen. Voor niemand is het leuk om als verliezer aangemerkt te worden. Wie wil nou als verliezer door het leven gaan? Waar het wel om gaat, is het vinden van een oplossing voor een gerezen probleem, waarbij alle partijen iets toegeven. En daarom is het beter ruzies verhitte discussies te noemen,' zegt ze.

Het samen eten uit een bord en kamers delen zijn een paar van de fundamenten die hebben geleid tot een heel hechte band tussen de kinderen van het gezin Tamango.

Binnen het gezin Tamango is gelijkheid een belangrijke waarde; gelijkheid is de ideologie. Man en vrouw zijn gelijk en hebben gelijke rechten. Jongens en meisjes worden in principe gelijk opgevoed. In de taakverdeling is te zien dat de vader de rol is toebedeeld van streng zijn tegen de kinderen: hij straft, trekt grenzen en stelt de regels. De moeder daarentegen vertegenwoordigt meer de zachte krachten: ze troost bij verdriet, is verzorger en bemiddelt als vader te streng is. In het gezinsleven is de traditie dat regelmatig afstemming met elkaar plaatsvindt.

Communicatie is essentieel voor goede relaties binnen het gezin. De belangrijkste reden daarvoor is misschien wel dat communicatie veel meer is dan slechts wat informatie uitwisselen of een boodschap overbrengen. Natuurlijk is het actieve proces van informatie-uitwisseling tussen de gezinsleden ongeacht de manier waarop dat gebeurt ook daarvoor bedoeld, maar het gaat dieper dan dat. In het woord communicatie is naast het uitwisselen van informatie ook iets van 'gemeenschap' terug te vinden zoals in het Engelse woord communion. Met andere woorden, communicatie is de plek waar gemeenschap met elkaar wordt beleefd. Daarbij valt te denken aan het gezin dat zijn ervaringen van dezelfde dag aan de keukentafel uitwisselt of de ouders die 's avonds in bed nog eens het conflict van de afgelopen middag bespreken.

Vader en moeder Tamango hebben hierdoor een hechte band met en tussen hun kinderen weten te vormen. De *famii kuutu*, gezinsvergaderingen, werden aanvankelijk twee keer per jaar gehouden maar later één keer per jaar. Tijdens die bijeenkomsten zitten ouders en kinderen in een kring op de vloer, waarmee volgens vader Kieto het leiderschap volgens een bepaalde rangorde is doorbroken. Het leidinggeven op basis van rangorde is de verdeling van taken over verschillende personen, waarbij een scheiding ontstaat tussen leiding en uitvoering. Een strikte scheiding van rollen en functies in een gezin is niet meer van deze tijd. In een snel en op vele fronten veranderende wereld werkt het systeem waarbij alles van bovenaf wordt opgelegd ook niet meer. Vandaag de dag draait het allemaal om een sociale, onderlinge gedragsbeïnvloeding van mensen die door de verschillende gezinsleden samen kan worden ingevuld. Daarmee wordt overigens ook de gelijkheid benadrukt en staat het iedereen vrij om zijn of haar mening te laten horen.

De eerste vergadering van het jaar wordt in januari gehouden en daar wordt de agenda voor het jaar vastgesteld, waarbij elk kind mag aangeven welk doel hij of zij in het lopende jaar wil bereiken. In de laatste week van september wordt de tweede vergadering gehouden, waarbij het begin van het nieuwe schooljaar wordt ingeluid.

Nadat alle gelukwensen zijn uitgesproken, herhaalt vader Kieto zoals altijd zijn bekende stelregel weer: 'Jullie zullen allemaal de gelegenheid krijgen om naar school te gaan en tot aan de hoogste onderwijsinstantie in Suriname je opleiding af te ronden of tot waar je leervermogen reikt, al moeten jullie moeder en ik onze laatste cent daaraan uitgeven.'

Dena zou binnenkort 16 jaar worden en hij heeft op zijn verlanglijstje een laptop gezet. Zijn ouders hebben hem en zijn broers en zussen opgevoed met een zekere mate van zelfstandigheid die zijn vader 'verantwoorde zelfstandigheid' noemt. Volgens dat principe moet je in de eerste plaats streven naar doelen waarvoor je bereid bent hard en eerlijk te werken. En daarom moeten ze als kind al altijd een eigen inbreng betalen voor alles wat ze willen hebben. Maar de eigen bijdrage moet wel op een eerlijke manier zijn verdiend of gekregen.

Dena weet van tevoren dat zijn vader hem een eigen bijdrage zal vragen voor de aanschaf van de zo begeerde laptop. Om zijn vader vóór te zijn, vraagt hij zijn moeder alvast om zijn spaargeld dat zij voor hem bewaart. Zijn spaargeld bestaat voor een deel uit geld dat hij elke dag verdient met het harken van het erf van de buurman en het schoonmaken van de kerk. Een deel van dat geld geeft hij uit en wat hij overhoudt, geeft hij aan zijn moeder om voor hem te bewaren. Dat is trouwens ook alweer een wijze raad van zijn vader die zijn kinderen al van jongs af leert om minstens een tiende deel van alle geld dat ze krijgen en/of verdienen, te sparen.

Hoewel hij heel graag de laptop voor zijn verjaardag wil hebben en hij een eigen bijdrage kan leveren, aarzelt hij toch om aan zijn ouders een computer als verjaardagscadeau te vragen, omdat de goedkoopste toch al gauw SRD 17.000, = kost. Hij durft niet, omdat hij weet dat zijn ouders het financieel niet zo breed hebben, mede omdat ze nog drie kinderen in de stad moeten onderhouden.

Tegen deze achtergrond komt weer het idee bovendrijven om het dan toch maar eens in een goudmijn te gaan proberen. Met een beetje geluk zal hij daar genoeg kunnen verdienen, niet alleen om een laptop aan te schaffen, maar ook om zijn ouders financieel bij te staan. Dat idee laat hem niet meer los en 's nachts kan hij er niet van slapen, omdat hij niemand heeft met wie hij erover kan praten. Dena voert nu een innerlijke strijd: ja of nee! Oftewel: doen of niet doen, voor of tegen, goedkeuren of afkeuren? Hij twijfelt tussen A en B. A is de keuze van zijn gevoel. Het vertelt hem wat hij echt wil, wat goed voelt en wat hem inspireert. B is de keuze van het verstand. Het vertelt hem wat anderen zouden doen, wat logisch is en wat zekerheid biedt. Net als ieder ander twijfelt hij tussen verstand en gevoel. Dit is het probleem: hij wil iets, maar hij is bang daarvoor te kiezen. Dat is zijn dilemma: de situatie dat hij niet weet wat hij moet kiezen. Hij weet wel wat hij het liefst zou willen, maar hij ziet alleen maar obstakels op de weg. Het verstand komt met praktische bezwaren en twijfels. Dus angst houdt hem tegen. Angst voor de verkeerde keuze, angst voor de gevolgen. Goede raad is duur; hij ondervindt hoe moeilijk het is om van iemand nuttig advies te krijgen.

En omdat hij geen oplossing voor zijn probleem kan vinden, krijgt hij een zorgelijke trek op zijn gezicht. Dat valt een van zijn zusjes op en ze vraagt hem of er iets aan de hand is. Dena maakt zich er met een glimlach vanaf en ontkent dat er iets is. Hij is geen prater; dat weet iedereen die hem kent. Hij heeft een opgewekt karakter, is altijd in een goede stemming en komt in elke situatie heel ontspannen over. Ten einde raad vraagt hij zijn neef Delisi om advies.

UITDAGINGEN EN KEUZES

Dena heeft op school een afspraak met Delisi en Deniël, een andere klasgenoot, in de eerste pauze om plannen te maken voor een onderzoekingstocht naar de mijn. Dena hinkt nog steeds op twee gedachten, hij kan nog niet kiezen tussen twee mogelijkheden. Hij is nog twee tegengestelde meningen toegedaan. Hoewel hij nog niet zeker weet of hij wil gaan en of hij dat eigenlijk wel durft, komt hij met Delisi en Deniël overeen dat ze de volgende dag de verkenningstocht zullen maken. Op die dag gaan ze eerder van school en dat komt goed uit. Ze zullen elkaar ontmoeten bij de spoorbaan en langs het oude spoor lopen in de richting van Nieuw-Koffiekamp.

Dena die nu eindelijk de knoop heeft doorgehakt, denkt: het kan geen kwaad, het is toch maar een verkenningstocht. Hij wil alles goed begrijpen en stelt vragen aan Delisi. Delisi die reeds de nodige ervaring heeft, vertelt hoe het allemaal in zijn werk gaat. Dena valt hem in de rede en vraagt: 'Moeten we langs die begraafplaatsen?' Delisi antwoordt bevestigend en gaat verder met zijn uitleg. Dena is bang van begraafplaatsen en wordt heel stil. In zijn verbeelding ziet hij een plek vol geesten. Terwijl Delisi zijn verhaal doet, is Dena helemaal in gedachten verzonken. De engste gedachten komen in hem op en hij krijgt kippenvel. Hij hoort ineens voetstappen achter zich en als hij sneller gaat lopen, dan gaan die voetstappen ook sneller. Hij begint te rennen, maar de voetstappen blijven hem achtervolgen. 'Dena, Dena,' hoort hij roepen. Hij schrikt hevig, denkende: oh nee, ze kennen mijn naam, maar het is Deniël die zijn aandacht weer probeert te vestigen op wat Delisi aan het uitleggen is.

Delisi zet uiteen dat ze de spoorbaan zullen verlaten en een kortere weg via een bospad naar het kamp van de *small-scale miners* nemen. Daar zullen ze Daga ontmoeten. Daga uit Nieuw-Koffiekamp is een oude schoolvriend van Delisi die sinds vorig jaar niet meer naar school gaat. Daga zal hen verder begeleiden naar de mijn. Voor de duidelijkheid legt Delisi uit wat bepaalde namen voor goudzoekers betekenen.

Small-scale miners of kleinschalige mijnwerkers zijn goudzoekers die met behulp van machines op tamelijk kleine schaal goud delven. De machines die deze mijnwerkers meestal gebruiken zijn graafmachines met een laadvermogen van 20 tot 30 ton. Ze maken ook gebruik van hogedrukpompen van vier tot acht duim om de bodem waarvan ze denken dat die goud bevat, los te spuiten. En daarnaast hebben ze ook een *sluicebox* of crusher voor het verwerken van hun erts. Een sluicebox bestaat uit twee of drie achter elkaar gemonteerde, schuingeplaatste houten bakken. Gouddeeltjes en andere zware mineralen worden deels opgevangen achter ribbels en/of een metalen gaaswerk en in de grove mat die de bodem van de sluicebox bedekt. Als laatste kenmerk van deze vorm van mijnen mag gelden dat die meestal vanuit een kamp wordt uitgevoerd. Zo'n kamp heeft in de regel een kampbaas of kampbazen. Het kamp beschikt over een keuken, slaapgelegenheden en een recreatiefaciliteit. De kampbaas is eigenaar van de hele operatie en heeft mensen in dienst.

Een andere vorm is de ukem man. Dit zijn individuele goudzoekers die gewapend met pikhouweel en rugtas de goudvelden intrekken. Soms hebben ze een metaaldetector bij zich. Ze gaan meestal naar gebieden waarin actieve mijnen voorkomen en zoeken naar stenen met zichtbare goudaders. Deze worden door hen verzameld en in hun rugtas meegenomen. De verwerking van het goudhoudende gesteente geschiedt handmatig. In een ijzeren vijzel wordt het erts met een stamper fijngestampt. Vervolgens wordt aan het fijngestampte erts kwik toegevoegd en met water gespoeld in een baté of gold pan. Het goud dat zich aan het kwik heeft gebonden, blijft dan achter in de baté. Het kwik wordt eraf gebrand, waarna het edelmetaal achterblijft. De investeringen van een ukem man zijn minimaal.

De bedoeling is dat de jongens elkaar na school, zo tegen 2 uur, ontmoeten bij de spoorbaan.

Volgens Delisi is het een uurtje lopen en zullen ze omstreeks 3 uur op hun bestemming aankomen, waar ze gedurende twee volle uren de open mijn kunnen bestuderen vanaf de bovenrand van de mijn. Dit zal ze een goede indicatie geven van hoe het eraan toegaat. De terugtocht zal om 5 uur beginnen, zodat ze tegen 6 uur 's middags allemaal weer thuis kunnen zijn.

Verder vertelt Delisi over wat een mijn precies is en welke gevaren verbonden zijn aan het werken in een mijn. 'Een mijn hier,' legt hij uit, 'is een plek waar je goud kunt vinden. Hier gebeurt dat in wat deskundigen open pit noemen. Bij open pit is de mijn een grote kuil in de grond. Die kuil, de eigenlijke mijn dus, is diep en je moet langs de wanden van de open pit naar beneden. Je kan naar beneden vallen en een ongeluk krijgen en de val kan zelfs dodelijk zijn.' Dena slikt even en zegt dat hij eens een verhaal heeft gehoord van iemand die kreupel is geworden, nadat hij bij een val in de pit beide benen had gebroken. Volgens het verhaal waren twee goudzoekers langs de wand van een pit omhoog gaan klauteren, nadat ze op de bodem waren geweest. Op een ongelukkig moment maakte de ene een misstap, viel naar beneden en kon niet meer opstaan. De andere klom omhoog en rende in paniek weg, zijn kameraad achterlatend. Terwijl hij wegrende, gilde hij nog tegen zijn maat: 'Wees niet bang, de security van Gross Mining zal je wel helpen.' Uren later werd de gewonde inderdaad door de security en medische staf van het mijnbouwbedrijf uit zijn benarde positie gehaald.

Delisi kent dat verhaal ook en vult het aan met te zeggen dat het medische team van Gross Mining heel veel hulp heeft geboden aan ukem man die tijdens hun praktijken een ongeluk hebben opgelopen. Deniël valt hem bij met de opmerking dat het bedrijf op geen enkele manier daartoe verplicht is, omdat de ukem man zich feitelijk illegaal in het gebied bevinden. Vaak genoeg zijn ze niet bekend met de gevaren en gaan dan op eigen risico daar toch activiteiten ontplooien.

Ukem man ontstaan vanwege de slechte economische situatie in Suriname. Verder is het zo dat ze dit zien als een manier om snel aan geld te komen, omdat dit hun woongebied is en ze recht hebben te genieten van de rijkdommen die daarin voorkomen, redeneren zij. Velen van hen geven aan dat ze verder geen scholing hebben en ook geen werkervaring, dus kunnen ze niet aan een normale baan komen. De jongens zijn het er allemaal over eens, net als de mannen in het dorp trouwens, dat het hun woongebied is en dat ze daarom ook recht hebben om in de omgeving naar goud te zoeken.

Delisi gaat verder met zijn uiteenzetting en legt uit dat hij heeft begrepen dat open-pit-mining wordt beschouwd als een van de gevaarlijkste sectoren in de mijnbouw. Daarnaast gebruikt men bij het verwerken van het erts om daaruit het goud te winnen schadelijke stoffen die de natuurlijke omgeving, de wildernis dus, verontreinigen. Gelukkig hebben de grote buitenlandse bedrijven wel technieken om de negatieve gevolgen van het gebruik van die stoffen voor de mens en het landschap met alles wat daarin leeft, te elimineren.

Hij zegt: 'Eenmaal op de bodem van de pit moet je opletten waar explosieven zijn geplaatst. Als je een gebied ziet met een rood lint dat aangeeft waar de grenzen liggen en met oranje kegels netjes in een rij, moet je daar niet gaan lopen. Daar zijn boorgaten die gevuld zijn met explosieven. Verder moet je op een afstand van minstens 500 meter van de mijn blijven, wanneer er *geblast* gaat worden, dat is wanneer de explosieven tot ontploffing zullen worden gebracht. Je gaat een sirene horen loeien voordat tot het blasten wordt overgegaan.' En verder zegt hij dat tegen de tijd dat ze aankomen het blasten al zal zijn afgelopen, want dat gebeurt op vaste tijden van de dag en dat wordt ook door het bedrijf aan het dorp doorgegeven. Van Daga heeft hij gehoord dat vandaag om 3 uur 's middags een *high grade blasting* zal plaatsvinden. High grade is een plek waarvan wordt aangenomen dat daar veel goud voorkomt.

In de pit moeten ze uitkijken naar steentjes met goudadertjes. Ze kunnen water uit meegebrachte flessen gebruiken om gevonden stenen schoon te wassen om er zeker van te zijn dat ze goud bevatten. Hij geeft het advies een rugtas mee te nemen om daar de geraapte stenen in te doen. Ze moeten wel erop letten geen steen met pyriet oftewel *lawman gowtu* mee te nemen. Pyriet, bekend als klatergoud, gekkengoud (van het Engelse fool's gold) wordt vaak door ukem man gevonden. Pyriet heeft een glanzende goudkleur en zit ook ingebed in een steen en dat is misleidend. Met zijn uiterlijke schijn heeft het veel mensen begoocheld die dachten goud te hebben gevonden. Nu gaat bij Dena een licht op, want ineens begrijpt hij pas de betekenis van het spreekwoord 'het is niet allemaal goud dat blinkt' dat hij op school heeft geleerd.

Als laatste advies drukt Delisi hen op het hart er alles aan te doen om uit handen van de politie en de security van het bedrijf te blijven.

Dena heeft alle informatie verwerkt, maar is niet helemaal gerust. Alles op een rijtje gezet vindt hij de hele onderneming erg riskant. Hij zou:
- een duidelijk verbod van zijn vader overtreden;
- langs een begraafplaats moeten lopen, wat hem niet lekker zit;
- de gevaren verbonden aan het afdalen en zich bewegen in de pit moeten trotseren;
- goed opletten dat hij geen pyriet verzamelt dat op goud lijkt, maar het niet is;
- heel goed moeten oppassen dat hij niet door de politie en/of de security van het bedrijf wordt betrapt en aangehouden. En vooral het laatste weegt heel erg zwaar.

Na de lange uiteenzetting zetten de jongens hun tocht voort zoals afgesproken. Met uitzondering van de geesten die Dena in zijn hoofd heeft en het feit dat ze alle drie rennend voorbij de graven zijn gegaan, is alles naar wens verlopen. Hun verkenningstocht is succesvol en dat heeft Dena wel een beetje gerustgesteld, maar hij voelt zich nog steeds heel gespannen en zenuwachtig. 's Avonds in bed ligt hij nog uren hieraan te denken.

De dag na hun verkenningstocht heeft Dena op school moeite zich te concentreren. Bij het vak wiskunde waar hij zich gewoonlijk niet erg voor hoeft in te spannen, kan hij zijn aandacht niet bij de les houden. Gedurende het hele lesuur zit hij voor zich uit te staren en weg te dromen. Hij laat nog eens zijn gedachten gaan over de trip en alle informatie en goede raad die Delisi daarbij heeft gegeven. Het lijkt net of hij een film die hij pas heeft gezien nog eens afspeelt. Na school op weg naar huis loopt hij te denken wat hem nu te doen staat. Gaan of niet gaan? Doen of niet doen? Na veel plussen en minnen hakt hij de knoop door: hij zal het erop wagen. Want wie niet waagt, die niet wint, niet waar?

De afspraak is gemaakt dat ze vrijdag naar de mijn gaan om hun geluk te zoeken als ukem man. Ze zullen elkaar 2 uur 's middags ontmoeten op hun bekende ontmoetingsplaats. Woensdag en donderdag gaan voorbij en Dena wordt zenuwachtiger van de gedachten. De afgelopen dagen heeft hij veel nagedacht over wat mis kan gaan maar ook wat goed kan gaan, en in het laatste geval wat hij allemaal met dat geld kan doen voor zichzelf en voor zijn ouders.

De vrijdag is eindelijk aangebroken en na school is hij weer eerder uit de bus gestapt alleen om zijn gedachten te ordenen voordat hij thuis aankomt. Thuisgekomen wordt hij onderzoekend aangekeken door zijn moeder, wie waar het haar kinderen betreft niet veel ontgaat. Ze vindt dat hij een beetje zenuwachtig doet en vraagt of er iets aan de hand is, of hij zich wel goed voelt. Hij antwoordt dat er niets aan de hand is en dat hij zich prima voelt. Hij neemt meteen de gelegenheid te baat om haar toestemming te vragen om na het eten bij Delisi langs te gaan. Moeder vindt dat wel goed, maar op voorwaarde dat hij eerst zijn huiswerk maakt. Hij weet haar ervan te overtuigen dat hij voor het moment geen huiswerk heeft, maar dat hij als hij mogelijk thuis te maken school- opdrachten krijgt deze wel op zaterdag en zondag zal maken. En omdat zijn schoolprestaties altijd goed zijn, strijkt moeder met de hand over haar hart en geeft goedkeuring.

Nu hij uiteindelijk een besluit heeft genomen, brandt hij van ongeduld en wil hij zo snel mogelijk aan de slag. Hij is dan ook al om 5 voor 2 bij de spoorbaan. Eigenlijk zou hij er al eerder zijn, maar hij heeft zoals altijd een paar minuten staan kijken naar een overvliegend vliegtuig. Op de plaats van ontmoeting treft hij Deniël aan, maar Delisi is er nog niet. Terwijl ze op Delisi wachten, denken hij en Deniël ieder voor zich rustig na over hun aanstaande avontuur. Dena ziet in zijn verbeelding vandaag als de dag waarop het geluk hen toelacht en ze naar huis zullen terugkeren met een klomp goud van 3 kilogram. Dat zullen ze dan verdelen in drie stukken van één kilogram elk. Van zijn deel zal hij een laptop kopen en wat overblijft zal hij aan zijn vader geven. Als hij dat aan Deniël vertelt, moet deze daar hard om lachen en vindt hem dom en kinderlijk. Immers, iedereen in het dorp kent Kieto Tamango als een rechtvaardige man die geen moment zal aarzelen om met zijn zoon naar de politie te stappen waar hij, Dena, zal moeten verklaren hoe hij aan zoveel goud komt.

Deniël op zijn beurt zegt dat hij een auto zal kopen op naam van zijn broer. Zijn broer is een small-scale miner en hij zal zijn ouders vertellen dat het goud van zijn broer komt. Dena zegt dat hij liever eerlijk vertelt waar het goud vandaan komt, want hij gelooft dat eerlijkheid het langst duurt, dat een leugen op den duur altijd uitkomt. Hij vervolgt met Deniël erop te wijzen dat hoewel hij diens denkwijze respecteert, hij die niet kan ondersteunen. Hij vindt dat Deniël dan toch beter een huis kan laten bouwen op naam van zijn broer. Zijn argument is dat een auto na drie jaar misschien niet eens meer bestaat, terwijl een huis jarenlang kan blijven staan en zelfs in waarde kan stijgen. Dat is anders gesteld met een auto die elk jaar in waarde afneemt. Hij en Deniël zijn beiden 15 jaar oud. Dat betekent dat Deniël pas na drie jaar als hij 18 is een rijbewijs kan halen en zelf de auto mag besturen. En wat gebeurt er in die tussentijd met de auto? In zijn ogen is het dus geen goed plan om nu een auto te kopen die je pas na drie jaar mag besturen. En als Deniël de auto op naam van zijn broer laat zetten, dan is zijn broer dus de eigenaar van de auto. Dena ziet aankomen dat er ruzie ontstaat tussen Deniël en zijn broer over de auto, en dat is geen goed ding. Deniël zal er daarom goed aan doen nog eens na te denken over hoe hij zijn deel van hun grote, denkbeeldige goudvondst zal besteden.

Delisi komt eindelijk aanlopen en zegt dat hij slecht nieuws heeft. De door het bedrijf voor die dag geplande blast gaat niet door. Hij heeft gehoord dat die pas de volgende dag, zaterdag, zal gebeuren. Onder die omstandigheden heeft het voor hen dus weinig zin om hun plan uit te voeren. De jongens besluiten om het dan maar de volgende dag te proberen. Afgesproken wordt om zo rond 11 uur op pad te gaan, omdat de blasting volgens planning van Gross Mining om 12 uur zal plaatsvinden en ze op tijd willen aankomen om die mee te maken, ook al is het op afstand. Een high grade blast is immers geen dagelijkse gebeurtenis en ze hebben hooggespannen verwachtingen.

Dena maakt weer eens een onrustige nacht door waarin hij maar moeilijk de slaap kan vatten. En wanneer dat uiteindelijk toch lukt, heeft hij een nare droom. In die droom is hij in de mijn waar hij een klomp goud met een gewicht van 1.000 gram vindt. Terwijl hij bezig is zijn vondst te bewonderen, ziet hij een paar schimmige figuren, geesten, op zich afkomen. Ze maken hem duidelijk dat het goud van hen is en dat hij het aan hen moet teruggeven. Hij weigert dit te doen, omdat hij de eerlijke vinder is. Hij zet het op een lopen, achternagezeten door de spoken. In zijn droom rent hij heel hard, maar hij komt niet vooruit. Hij komt terecht in een hoek van de mijn waar hij niet uit kan. De geesten komen steeds dichterbij en hij weet dat dit zijn einde zal betekenen, want hij zal meegenomen worden door ze. Hij begint te gillen en op dat moment steekt een van de geesten zijn hand uit om hem te pakken en het lijkt alsof hij dat kan voelen.

Hij schrikt wakker en ziet dat het Beka is die hem wakker schudt om hem te zeggen dat hij rare geluiden maakt in zijn slaap. Hij realiseert zich tot zijn grote opluchting dat hij het allemaal heeft gedroomd. Na het ontbijt vraagt en krijgt hij weer toestemming van zijn moeder om Delisi op te zoeken. Hij is als eerste bij de spoorbaan en even later komen de anderen opdagen.

Vol goede moed beginnen de jongens aan hun tocht naar de mijn. Na een kwartier lopen krijgen ze de begraafplaatsen in zicht. Links van de weg is de Evangelische Broedergemeente Suriname (EBGS-)

begraafplaats en aan de rechterkant het Rooms-Katholieke (RK) kerkhof. Naarmate ze dichterbij komen, gaan ze minder luid praten en versnellen ze hun pas. Ze voelen zich geen van allen op hun gemak, maar Delisi die dit eerder heeft gedaan, lijkt daar het minst last van te hebben. Hij begint grappen te maken waar de anderen bang van worden en aan Dena's gezicht is te zien dat hij echt bang is. Ze hebben allemaal hun schoeisel uitgetrokken en in hun handen genomen. Ze gaan voorbij de eerste graven en Dena krijgt de kriebels. Gaandeweg worden ze stil, gaan sneller lopen en als ze bijna rennend de laatste graven zijn gepasseerd, zijn ze allemaal buiten adem. Ze stoppen even om uit te hijgen en weer op adem te komen. Als hun ademhaling en hun hartslag weer hun normale toestand hebben bereikt, voelen ze zich gerust en een stuk beter, zodanig dat ze elkaar kunnen plagen. Ze maken elkaar uit voor bangerik en moeten hard lachen om hun eigen grappen en grollen. Na een paar minuten rust lopen ze verder.

Precies om 12 uur komen ze aan bij het kamp van de ukem man. Dena kan zijn ogen niet geloven: het is net een klein dorp! Hij ziet een winkel, loopt naar binnen en ziet alles geprijsd in 'D' en in 'Gr'. Het prijskaartje bij een fles water is 1D, een pakje sigaretten kost 2D, de prijs voor een dyogo (een literfles Parbobier) is 5D en voor een fles alcohol moet 1Gr worden betaald. Er is ook een bar waaruit heel luide muziek klinkt, met daarnaast een paar kamers. Daar ziet hij enkele mooie vrouwen staan. Verderop ziet hij jongens rokend in een groepje bij elkaar staan. Naar het groepje kijkend, ziet hij dat af en toe iets wat op tabletten lijkt in andere handen overgaat. In zijn argeloosheid denkt hij dat het gaat om tabletten tegen ziekten zoals malaria. Pas later wordt het hem duidelijk dat het gaat om xtc-pillen. Zowel marihuana die gerookt wordt als xtc-pillen die ingenomen worden, zijn drugs. En drugs zijn alle middelen die je bewustzijn beïnvloeden. Ze veranderen je gevoelens, waarnemingen, stemmingen en gedachten. Xtc is te koop als een pil of een capsule. Hij zorgt voor een gevoel van energie en oplettendheid, en er ontstaat een stemming van intimiteit en vertrouwelijkheid. Hem wordt verteld dat de jongens de drugs gebruiken om moed te verzamelen, en om energie en doorzettingsvermogen te krijgen om de mijn in te gaan.

Dan hoort hij iemand roepen: 'Delisi, Delisi, jullie zijn er. Dat is goed. Jullie zijn op tijd voor de blast en we gaan na de blast gelijk naar de mijn.' Dat blijkt Daga te zijn die hen verder zal begeleiden.

Dena vraagt aan Daga wat de aangegeven prijzen in de winkel betekenen en Daga legt hem lachend uit dat de 'D' staat voor decigram goud oftewel 0,1 gram en de 'Gr' staat voor gram. 1 gram goud is ongeveer SRD 2.300, =. Dus als je hier geen goud hebt, kun je niets kopen. Dena zegt dat hij SRD 100, = op zak heeft en dat hij een fles water wil kopen, maar als een fles water 1D dus SRD 230, = kost, dan is het niet genoeg. Daga bevestigt dat en geeft hem een fles water uit zijn backpack met de woorden: 'Deze hoef je niet te kopen.'

Opeens klinkt er een luide sirene met tussenpozen van een paar minuten, tot driemaal toe, waarna een harde knal met voelbare trillingen in de bodem waar ze staan. Daga legt uit dat dat de blast is en zegt dat ze haast moeten maken. Ze wachten ongeveer vijftien minuten en lopen dan met zijn vieren in de richting van de King Hillmijn. Naargelang ze dichterbij het doel komen, ziet Dena een steeds groter wordende groep dezelfde kant op gaan. Het zijn voornamelijk jongemannen die van alle kanten komen: uit de kampen, van de bospaden. Bij de mijn aangekomen blijkt de groep tot bijna honderd man te zijn gegroeid. Ze gaan allen via verschillende paden naar de open-pit-mijn en klauteren langs de wanden naar beneden.

Daga geeft ze met gebarentaal te kennen dat ze hem moeten volgen, omdat hij een veilige manier kent om beneden te gaan. Na 30 minuten zich verticaal op handen en voeten als grote spinnen langs de wand te hebben verplaatst, zijn ze beneden. Dena die een beetje hoogtevrees heeft, is gedeeltelijk op zijn achterwerk langs de wand van de mijn naar beneden gegleden.

Eenmaal beneden is het zoeken geblazen, iedereen voor zich-zelf. Dena blijft in de buurt van Delisi en Deniël, en merkt dat Daga dat ook doet.

Daga roept Dena op een gegeven moment bij zich om hem een steen met goudadertjes (een moni-ston) te laten zien. Dena heeft daarvóór nog nooit zoiets gezien en weet nu pas precies waarnaar hij moet zoeken. De zon staat hoog aan de hemel en het is heel warm.

Opeens hoort hij niet ver vanwaar zij staan ruziënde stem-men, en even later vliegen twee jongens elkaar in de haren om een moni-ston. Het wordt een hevige vechtpartij, waarbij de ene vechtersbaas de andere met een steen op zijn hoofd slaat, zo hard dat die hevig begint te bloeden. Een paar andere jongens komen tussen beiden en halen de vechtersbazen uit elkaar. Die met de hoofdwond wordt gebracht naar het beetje schaduw dat in de wand van de mijn te vinden is, waarna het zoeken verdergaat alsof er niets aan de hand is.

Dena kijkt speurend rond en ziet ineens iets glinsteren ... een steen. Zenuwachtig en vol verwachting raapt hij hem op. In een plas water op de bodem van de mijn spoelt hij de steen af en roept Daga om hem zijn vondst te laten zien. Daga kijkt ernaar en zegt met een glimlach op zijn gezicht: 'Kleine, dis' na lawman gowtu.' (Kleine, dit is nepgoud.) Dena besluit de steen toch maar mee te nemen, doet hem in zijn rugzak en gaat door met zoeken.

Na bijna een uur heeft hij, afgezien van het nepgoud, niets gevonden en hij wordt er moe en moedeloos van. Delisi heeft wel een steen gevonden, maar ook Deniël heeft geen geluk gehad.

Daga waarschuwt dat de security elk moment kan verschij-nen en ze moeten dan ready zijn om ervandoor te gaan, zodra ze de wagens van de bewakingsdienst zien of horen aankomen. Dena wordt erg nerveus, maar hij kan en wil niet opgeven, niet nu hij zo ver is gekomen.

En dan ziet hij een steen waarvan een deel een gele kleur lijkt te hebben. Ook deze steen spoelt hij af in dezelfde plas water, en hij merkt een duidelijk verschil met de steen die hij eerder heeft gevonden. En weer roept hij Daga om naar deze steen te komen kijken. Daga bekijkt de steen met een kennersblik, knikt goedkeurend en geeft hem een schouderklopje. Yes! Dena glimlacht van oor tot oor en stopt ook deze steen in zijn backpack. Van Daga krijgt hij het advies om in dezelfde omgeving verder te zoeken.

Zijn vreugde is echter van korte duur, want een paar minuten later hoort hij de waarschuwingskreet 'den kil, den kil' (de kerels, de kerels), doelend op de in aantocht zijnde manschappen van de security van Gross Mining of de politie. Iedereen vlucht naar de mijnwand met de bedoeling daarlangs omhoog te klimmen en zo zichzelf in veiligheid te brengen.

Van hun groepje is Daga de eerste, daarna volgt Dena, met daarachter Deniël, gevolgd door Delisi als hekkensluiter. Halverwege de klim kijkt Dena naar beneden en ziet hoe de politiemannen een paar jongemannen in de boeien slaan en ze vervolgens meenemen. Met een van angst bonzend hart klautert hij verder omhoog, zijn hoogtevrees helemaal vergetend.

Binnen een paar minuten zijn ze boven en lopen ze terug naar het kamp. Daga haalt opgelucht adem en zegt dat ze vandaag geluk hebben gehad, omdat Gross Mining vaak ook haar security met de politiemannen meestuurt naar de bospaden die naar de verschillende kampen leiden.

Bij hun kamp aangekomen bekijken ze de buit. Dena en Deniël hebben elk één steen gevonden en Delisi zeven. Dat begrijpen ze wel, want Delisi heeft veel meer ervaring met dit soort activiteiten. Ze nemen nog 30 minuten rust voor ze aan hun terugtocht naar Brownsweg beginnen.

Eenmaal onderweg vertelt Delisi over het proces van het scheiden van het goud van de steen. 'Als we terug zijn in het dorp gaan we naar een plek achter het voetbalveld van Kadjoe. Daar heb ik een ijzeren vijzel staan,' vertelt Delisi. 'We gaan die gebruiken om de steen helemaal fijn te maken. Hierdoor raken alle gouddeeltjes los. Wanneer het goed fijngestampt is, lijkt het op poederzand. Dat doen we vervolgens in een baté, waarna het wassen met water kan beginnen.' Het wassen zal Delisi zelf doen, omdat hij daarmee ervaring heeft. Je moet wel de vaardigheid hebben om met de baté te werken.

De voor driekwart met poederzand gevulde goudpan wordt net onder het wateroppervlak in de rivier of kreek gedompeld. Dan wordt de pan een aantal keren heen en weer, van links naar rechts geschud, maar niet te krachtig om zo het materiaal te wassen. Daarna worden rustig draaiende bewegingen gemaakt, zodat het materiaal in een cirkel begint te draaien. Door dit proces worden het meeste vuil en de plakkerige klei opgelost en uitgespoeld. Bij het wassen blijven de zwaarste deeltjes van het materiaal in de baté achter, terwijl lichtere deeltjes door de draaiende beweging worden weggewassen. Het materiaal dat in de baté achterblijft, is zwart van kleur met daartussen wat zichtbare gouddeeltjes. Aan het overgebleven materiaal wordt vervolgens kwik toegevoegd, waarna het geheel in een neteldoek wordt gedaan, en wat er nog over is aan water wordt eruit geperst. Een neteldoek, ook kaasdoek of passeerdoek genoemd, is een los geweven doek gemaakt van katoen of brandnetels die als zeef wordt gebruikt. Wat overblijft in de neteldoek is goud, waar nog wat kwik aan vastzit. Dit restant wordt vervolgens op een open vuur verhit, waardoor het kwik verdampt en uiteindelijk goud overblijft. Wanneer het is afgekoeld, wordt het gebracht naar de Chinese winkelier op de hoek van Kadjoe, waar het wordt gewogen en opgekocht door dezelfde winkelier.

Delisi vertelt dit allemaal met een smile op zijn gezicht. 'We zullen alles apart doen, zodat er geen onenigheid tussen ons ontstaat,' zegt hij.

Het schiet de jongens opeens te binnen dat ze de begraafplaatsen weer naderen en onbewust doen ze op hetzelfde moment hun slippers uit en gaan op blote voeten verder. Ze gaan als vanzelf sneller lopen en niet lang daarna beginnen ze weer te rennen. Als ze de begraafplaatsen zijn gepasseerd, gaan ze weer in normaal tempo verder.

Na nog een kwartier flink doorstappen, komen ze langs de eerste huizen van Makambi waar Delisi woont. Deniël woont een eind verder in Kadjoe. Het is intussen bijna 4 uur in de middag. Dena die nog verder weg in Wakibasoe 1 woont, zegt dat hij niet te laat voor het middageten thuis wil komen en daarom eerst naar huis zal gaan. De andere jongens willen ook niet het middageten thuis mislopen en ze spreken af dat ze morgen het goud van de stenen gaan scheiden. Op de hoek van Makambi gaan ze uit elkaar. Delisi gaat naar huis en Deniël en Dena vervolgen hun weg.

Eenmaal thuis is het eerste wat hij doet zijn tas verstoppen. Daarna loopt hij het huis binnen waar hij meteen zijn moeder tegenkomt, die hem op boze toon vraagt waar hij was. Hij antwoordt dat hij bij Delisi was, samen met Deniël. Zijn moeder is daar ontstemd over en ze maakt hem duidelijk dat ze het aan zijn vader zal vertellen. Van haar moet hij gelijk in bad en daarna gaan eten. Hij is in zijn kamer wanneer zijn vader thuiskomt en hij hoort zijn ouders praten als ze iets later aan tafel zitten. Waarover kan hij wel raden.

Een paar minuten later hoort hij zijn vader roepen: 'Dena, kom hier.' Met bonzend hart loopt hij schoorvoetend zijn kamer uit, naar zijn vader toe. Op de vraag waar hij was, geeft hij als antwoord dat hij bij Delisi in Makambi was, samen met Deniël en dat hij niet op de tijd heeft gelet. 'Zorg dat je al je huiswerk maakt en ga nu eerst de afwas doen. En zorg er in het vervolg voor dat je dit nooit weer doet,' zegt zijn vader vermanend. Dena slaakt een zucht van verlichting ... hij had erger verwacht. Hij gaat snel naar de keuken, doet de afwas en haast zich zijn schoolwerk af te maken.

Als hij later op zijn bed ligt, is hij erg blij dat hij er zo goed vanaf is gekomen. Hij gaat in gedachten nog eens alle dingen na die hij die dag heeft gedaan en meegemaakt. Hij denkt terug aan zijn angst voor begraafplaatsen en zijn hoogtevrees. Hij kan zich een Engels zinnetje herinneren dat hij ooit iemand heeft horen uitspreken en dat zo luidt: *Once you become fearless, life*

becomes limitless. Vertaald betekent het: als je eenmaal onbe-
vreesd wordt, kent het leven geen grenzen. En hij denkt dat dit
zijn huidige stemming precies weergeeft. Het dringt ineens tot
hem door dat hij bij het beklimmen van de wand van de mijn
niet meer bang was om naar beneden te vallen.

Op zondagmorgen gaat de familie naar de kerk. Dena heeft er
nooit over nagedacht of hij de kerk en alles wat daarmee samenhangt nu wel of niet nodig en nuttig vindt.

Hij weet dat hij na alle gebeurtenissen van gisteren vandaag vast geen toestemming zal krijgen om uit huis te gaan.
En volgens afspraak zouden de jongens elkaar vandaag om 3
uur ontmoeten op het voetbalveld van Kadjoe. Hij waagt het er
toch op en vraagt zijn moeder permissie om te gaan voetballen.
Ze kijkt hem alleen maar aan en hij weet het antwoord. Na de
kerkdienst trekt hij zich terug in zijn kamer en brengt daar de
rest van de dag door.

Het is maandag en vandaag ontmoet hij op weg naar school de
twee andere jongens bij de bushalte en ze vragen meteen waar
hij gisteren was. En hij kan natuurlijk niet anders dan vertellen
dat hij niet uit huis mocht. Deniël vertelt dat hij een flink pak
slaag van zijn moeder heeft gekregen en dat hij als bijkomen-
de straf thuis moest blijven. Delisi was dus alleen en heeft de
stenen die hij heeft gevonden, verwerkt. In totaal heeft dat 3,2
gram goud opgeleverd en hij heeft daar één gram van verkocht
voor de gebruikelijke prijs van SRD 2.300, = per gram. Dena en
Deniël zullen moeten wachten op een gunstiger moment om wat
zij gevonden hebben te verwerken en te zien wat dat opbrengt.

In de pauze trakteert Delisi Dena op bami en Deniël op nasi.
Hij heeft ook een paar meisjes van de 4e klas getrakteerd. Delisi
zit zelf in de 2e klas, omdat hij een paar keer heeft gedoubleerd.
Als hij onverhoopt nog eens blijft zitten, zal hij afgeschreven
worden van de school. En aangezien er maar één voj-school is
in Brokopondo, zal dat het einde betekenen van zijn muloja-
ren daar. Deniël en Dena hebben hem een paar keer hierover

aangesproken en hulp aangeboden in de vorm van samen studeren en huiswerk maken, maar Delisi heeft daar slechts af en toe gebruik van gemaakt. Dena zegt dat hij vanmiddag wel uit huis mag, dus wil hij de stenen die hij heeft gevonden vandaag verwerken. Voor Deniël komt dat ook goed uit en ze spreken af om elkaar rond 4 uur op het voetbalveld te ontmoeten.

Elke maandagmiddag tussen 3 en 5 uur helpt Dena bij het schoonmaken van de kerk en daar verdient hij wat zakgeld mee. Maar hij heeft zich voorgenomen om vandaag in plaats van om 3 uur een half uur eerder te beginnen en hij zal zijn uiterste best doen om in één uur het werk af te hebben, zodat hij zich aan de afspraak van 4 uur met Deniël kan houden. Na school gaat hij direct naar huis en om kwart over 2 vertelt hij zijn moeder dat hij weg moet om in de kerk te werken. Daar kijkt zij niet van op, omdat ze weet dat hij dat elke maandag doet. Hij pakt achter het huis zijn backpack en gaat op weg naar de kerk. Precies om half 3 komt hij daar aan en hij begint onmiddellijk met zijn werk. Pater Weewee is het niet ontgaan dat Dena er zo vroeg is en maakt daar een opmerking over, waar Dena alleen met een glimlach op reageert. Hij is tegen tien minuten voor 4 klaar, pakt zijn tas en rent de kerk uit. De pater roept hem nog na dat hij volgende week zijn loon kan ontvangen, want dan is het eind van de maand. Hij hoort het niet eens meer, zo snel is hij weg.

Om vijf over 4 komt hij hijgend aan op het terrein achter het voetbalveld waar Deniël en Delisi al bezig zijn met het stampen van de steen van Deniël. 'Nog vijf minuten, dan zijn we klaar met stampen en mag jij beginnen,' zegt Delisi. En vijf minuten later stopt Delisi inderdaad en mag Dena zijn steen in de vijzel doen. Delisi geeft hem de nodige aanwijzingen en hij begint meteen met stampen. Ondertussen is Delisi bezig het goud van het poederzand van Deniël te scheiden.

Terwijl hij bezig is met stampen denkt Dena na over de gevaren voor de gezondheid van de mens als gevolg van het gebruik van kwik. Hij durft natuurlijk niets te zeggen uit vrees dat Delisi hem niet verder zal helpen. Na een lange aarzeling vraagt hij wel aan Delisi hoe hij aan het kwik is gekomen. Delisi antwoordt dat hij het van Daga heeft gekregen. Dena is weer stil en gaat door met stampen.

Terwijl Delisi het materiaal van Deniël aan het verhitten is, gaat Dena op een afstand staan met zijn hand voor zijn mond. 'Ben je bang?' vraagt Delisi. 'Ja,' antwoordt Dena. 'Je mag als mens geen kwikdamp inademen, omdat die zeer schadelijk is voor je gezondheid. Dat hebben we toch school geleerd?' merkt hij op. Delisi begint te lachen en zegt dat het niet waar is. Dena gaat daartegenin en zegt: 'Als je veel kwikdamp inademt, kun je tijdelijk last krijgen van trillende oogleden, lippen en vingers. Dus als je toch een kans wil nemen en onbeschermd omgaat met kwik en niet luistert naar de voorlichting die we op school krijgen, dan zet je jouw eigen gezondheid op het spel.' Na deze uiteenzetting van Dena is Delisi stil geworden en is hij op een afstand gaan staan van het open vuur waar het kwik uit de grondstof vrijkomt.

Uit medisch onderzoek is gebleken dat bij langdurige inademing van kwikdampen blijvende negatieve effecten kunnen optreden. Het zenuwstelsel en de hersenen worden aangetast met hersenschade tot gevolg en uiteindelijk de dood. Als je kwik zou slikken kun je mogelijk last krijgen van vermoeidheid, verminderde eetlust en dat kan ertoe leiden dat ingewanden zoals de nieren, maag en darmen beschadigd raken.

Als het goud helemaal kwikvrij is, gaan de jongens naar de Chinese opkoper. Dena heeft 1,3 gram goud gewonnen en Daniël 2,8 gram. Ze verkopen hun goud en ontvangen daarvoor respectievelijk SRD 2.990, = en SRD 6.440, =. Dena zegt tevreden te zijn met zijn winst, omdat dit de aanschaf van de laptop een heel eind dichterbij brengt. Volgende week maandag ontvangt hij zijn loon van de kerk en dat gevoegd bij wat hij verdiend heeft met het harken van het erf van de buurman is alles bij elkaar toch wel een behoorlijke bijdrage in de eigen inbreng voor het aanschaffen van de laptop. Dat is helemaal in lijn met wat zijn ouders hem met de paplepel hebben meegegeven, namelijk bereid te zijn hard te werken en op een eerlijke manier geld te verdienen voor de dingen die je graag wil hebben. Hij heeft er wel een beetje moeite mee dat hij het met de eerlijke manier van zijn geld verdienen niet zo nauw heeft genomen, denkend aan het avontuur in de open-pit-goudmijn, maar dat kan hij natuurlijk aan niemand vertellen. Zeker niet aan zijn vader!

De volgende dag zijn de jongens weer op school. Delisi vraagt aan Dena of hij zin heeft weer naar de mijn te gaan en wanneer. Dena antwoordt dat hij daar liever van afziet. Dat hij niet meer wil meegaan. Dat hij alleen heeft meegedaan om vlug wat geld te verdienen om een laptop te kopen. En nu hij dat kan, heeft hij er geen behoefte meer aan om zich in een gevaarlijk avontuur te storten.

Maar Delisi geeft het niet op en stapt naar Deniël om hem te vragen hoe hij erover denkt. Deniël voelt er wel wat voor; daarom spreken hij en Delisi af om samen te proberen Dena op andere gedachten te brengen. Dat is echter makkelijker gezegd dan gedaan, want ze weten niet dat Dena een doel voor ogen heeft dat hij niet wil en niet zal opgeven.

Na school onderweg naar huis zit Deniël naast Dena in de bus en ze spreken over hun verdere studie na de muloschool. De examens staan voor de deur. Dena zegt dat hij voor zijn verdere studie naar de stad zal moeten verhuizen, omdat er geen middelbare school is in het district. Deniël zegt dat hij er net zo over denkt. 'Ga je net als je broers en je zus ook bij je oom inwonen?' vraagt Deniël. 'Nee,' zegt Dena, 'ons hele gezin gaat verhuizen. Mijn vader wil in de komende maanden een huis bouwen op zijn perceel in Ephraimszegen. Ik weet niet eens waar het precies is, maar dat vertelde hij ons tijdens onze jaarvergadering van januari. Hij zegt dat het leven in het district zwaar is geworden. Er is haast geen werkgelegenheid in Brokopondo. Als ik ook wegga dan zijn vier van zijn kinderen in de stad. Hij heeft liever niet dat zijn kinderen verspreid wonen. Op aandringen van mijn moeder zal hij heel binnenkort beginnen met de bouw. Als alles meezit, gaan we in augustus verhuizen. Waar ga jij wonen?' 'Bij een tante in Wintiwai,' antwoordt Deniël. 'Als het niet te ver weg is, kunnen we elkaar ontmoeten, maar ik ken de stad helemaal niet,' zegt Dena daarop.

Deniël denkt dat dit het juiste moment is om een zaadje te planten in Dena's hoofd om hem over te halen weer naar de mijn te gaan. Hij zegt: 'We gaan geld nodig hebben om schoolspullen te kopen of misschien een fiets om naar school te gaan als we in de stad zijn. Wat denk je ervan om weer naar de mijn te gaan?' Dena wijst dat meteen van de hand en brengt naar voren dat hij schoolspullen van zijn ouders zal krijgen. Hij zegt: 'Je ouders gaan ook spullen voor jou kopen, Deniël, waarom wil je weer naar de mijn? Bovendien is fietsen in de stad nogal gevaarlijk heb ik gehoord. Ik heb mij laten vertellen dat er gemiddeld 80 verkeersdoden per jaar vallen en een groot aantal daarvan zijn fietsers of bromfietsers. Ik zie geen reden waarom we naar de mijn moeten gaan.'

De bus is intussen aangekomen bij de halte waar de jongens moeten uitstappen. Ze groeten elkaar en gaan ieder hun eigen kant op. Later op de avond ligt Dena in bed te dromen over naar school gaan in de stad en alle mooie dingen die hij zou willen hebben. Hij weet dat hij wel spullen van zijn ouders zal krijgen, maar die zullen zeker geen merkkleding en merkschoenen zijn zoals pata's van Puma of Nike. Hij denkt na over wat Deniël heeft gezegd en vraagt zich af of deze misschien toch gelijk heeft: dat hij best wat geld kan hij gebruiken voor spullen waarvoor hij zijn ouders niet hoeft te belasten. En met die gedachte valt hij in slaap.

Een paar weken later, op zijn 16e verjaardag, krijgt hij van zijn vader een laptop waar hij heel trots op is. Hij is een van de weinigen in het dorp met een laptop!

Op school spreken Deniël en Delisi weer over de mijn, want ze hebben gehoord dat komende vrijdag er weer een high grade blast zal worden uitgevoerd en ze willen erbij zijn. Dena heeft na het laatste gesprek met Deniël nog eens goed over het een en ander nagedacht en heeft besloten om het nog maar eens te proberen. Hij vertelt de anderen over zijn besluit, maar benadrukt dat het voor hem echt de laatste keer zal zijn. Het drietal spreekt af om elkaar vrijdag na school bij de spoorbaan te ontmoeten.

Op de afgesproken dag vertrekken ze om 2 uur vanuit Brownsweg, niet vermoedend dat ze een heel bewogen middag tegemoetgaan. Ze komen tegen 3 uur bij de kampen aan en gaan gelijk door naar de mijn waar ondertussen de blast al heeft plaatsgevonden. Deze keer is de groep veel groter. Personeel van Gross Mining is met machines aan het werk in de mijn, maar de jongens negeren die en gaan door met het zoeken naar goudbevattende kwartsstenen. Dena vindt het nu veel makkelijker om de stenen te herkennen en hij hoort een paar andere jongens enthousiast schreeuwen: 'Dis' na super high grade, tide na moni dei.' (Dit is super high grade; vandaag is de dag van geld.) Hij heeft ondertussen zelf al een aantal veelbelovend uitziende stenen verzameld en zijn backpack begint aardig zwaar te worden.

Ze zijn nauwelijks een uur in de mijn wanneer hij de jongens hoort roepen: 'Den kil, den kil!' En iedereen begint te rennen naar de wanden van de open mijn om daarlangs omhoog te klimmen. In de haast maakt Deniël een misstap en tuimelt naar beneden. Gelukkig is hij nog niet heel hoog gekomen, maar hij breekt bij de val toch zijn ene been en schreeuwt het uit van de pijn. Dena kijkt nog om en ziet dat Deniël door de security guards is omsingeld. 'Kom, laten we gaan,' roept Daga dringend, 'het medische team van het bedrijf zal hem behandelen.' Dena blijft nog even kijken, maar hij kan niet anders dan verder klimmen.

Samen bovengekomen met Delisi en Daga zijn ze alle drie buiten adem. Dena beeft nog van de schrik, Daga blijft hem moed inspreken: 'Maak je geen zorgen, Kleine, het komt goed met hem. Kom, laten we hier wegwezen.' En de jongens gaan haastig op weg, richting de kampen.

Ineens staan ze oog in oog met een groep in het zwart geklede mannen en ze weten dat het politiemannen zijn. Ze proberen zich uit de voeten te maken, maar Delisi lukt dat niet, omdat hij de eerste in de rij is en hij wordt gepakt. Dena rent de ene kant van het pad op het bos in en Daga de andere kant.

Hij rent door het struikgewas en als hij omkijkt, ziet hij dat twee agenten hem op de hielen zitten. Hij rent in een boog op een boom af, zoekt daarachter dekking en creëert op die manier afstand tussen hem en de agenten. Maar die hebben de achtervolging niet opgegeven. Hij klimt hijgend een heuvel op en gaat aan de andere kant heel snel naar beneden, gewoon door zich op zijn bil eraf te laten glijden. Er is nu een behoorlijke afstand tussen hem en zijn achtervolgers, want die kunnen niet zo snel heuvel op en heuvel af. Even later duikt hij weg onder een grote omgevallen boom en met ingehouden adem hoort hij zijn achtervolgers over zijn schuilplaats heen rennen. Een paar minuten later komen ze echter terug en hij hoort een van hen zeggen: 'Hij moet hier ergens zijn, want ik zie geen sporen die hiervandaan leiden.' De agenten voeren overleg en besluiten om via hun walkietalkie versterking te vragen om het gebied uit te kammen. Luttele minuten later komen er meer politiemannen opdagen evenals security guards van Gross Mining. Politiemannen en security guards doorzoeken samen de hele omgeving grondig, maar van Dena ontbreekt elk spoor.

Die heeft zich niet alleen verscholen onder een boomstam, maar zich ook nog met bladeren en takken bedekt waardoor hij onzichtbaar is. De mannen zijn wel een paar keer heel dichtbij gekomen ... hij kan ze ruiken, kan zelfs hun bemodderde *boots* zien, maar zij zien of horen hem niet, gelukkig! Intussen valt de schemering in en de commandant geeft te kennen dat ze zich moeten terugtrekken, want het zal gauw donker worden.

Dena blijft voor alle zekerheid nog een half uur in zijn schuilplaats. Als hij eindelijk tevoorschijn komt, voelt hij zich uitgeput, terwijl hij ook nog honger heeft. Hij weet niet eens waar hij is, maar hij heeft gelukkig een goed oriëntatievermogen: hij kan zijn eigen spoor terugvolgen naar het pad waar hij de politieagenten de eerste keer zag. Hij moet wel heel snel lopen, want het wordt met de minuut donkerder. Hij hoopt dat hij zijn weg naar de kampen terug kan vinden en vandaaruit de weg naar huis langs de spoorbaan.

Het lukt hem inderdaad om de kampen te bereiken en hij vraagt aan een van de jongens die hij daar tegenkomt naar Deniël,

Daga en Delisi. Er komen een paar andere aanlopen en van hen hoort hij dat Daga en Delisi zijn aangehouden door de politie en dat Deniël voor spoedeisende hulp is overgebracht naar de kliniek van Gross Mining. Later zal hij naar de stad worden getransporteerd waar zijn been in het gips zal worden gezet.

Dena is nu alleen. Hij heeft twee keuzemogelijkheden: een is in het kamp blijven en morgen vroeg naar het dorp teruggaan. Hij slaapt dan niet thuis, maar het ergste is dat zijn ouders zich bijzonder ongerust zullen maken. Daar komt dan nog bij dat hij kan rekenen op een flinke straf. De tweede mogelijkheid is nu alleen teruglopen, voorbij de begraafplaatsen en naar huis. Hij overweegt beide mogelijkheden en besluit van twee kwaden het minst kwade te kiezen: naar huis, nu! Als hij de jongens in het kamp vertelt dat hij naar huis gaat, krijgt hij van een van hen een kleine flashlight met de opmerking dat hij die mag houden.

Op punt van vertrek staande slikt hij even: hij moet zich vermannen, moed vatten om straks zijn grootste angst ooit, in het donker door en langs begraafplaatsen lopen, te confronteren. Gezegd wordt dat angst als een monster is dat zichzelf voedt. Dit betekent in wezen dat als je angst hebt en je die vermijdt te confronteren, het is alsof je die angst voedt, die toestaat om te groeien. Hij begrijpt dat angst een emotie is, veroorzaakt door iets dat je gezien, gehoord of gevoeld hebt, waar een dreiging of onheil van uitgaat en die er meestal toe leidt dat je die vermijdt of ontwijkt. Hij heeft ook begrepen dat hij zijn angst te boven kan komen juist door die te confronteren: het gevaar onder ogen zien, niet bang zijn en het gevaar of de dreiging bestrijden. Het moeilijke deel is het vinden van de juiste manier om dit te doen. En hij weet dat in zijn geval de juiste manier is dat hij genoeg moed toont. Hij besluit om zichzelf bloot te stellen aan datgene waar hij bang voor is. Dus op naar de begraafplaats en wachten tot hij de angst voelt, zodat hij deze kan confronteren en overwinnen.

Mentaal gesterkt gaat hij op pad en denkt: san wani kon, mek a kon (laat komen wat komen wil).

Met vaste regelmaat zet hij de ene voet voor de andere en loopt op zijn automatische piloot verder. Terwijl hij gestadig zijn weg vervolgt, probeert hij zich iets te herinneren dat hij eerder heeft gehoord en dat te maken heeft met zijn situatie van dit moment. Dat speelt zich af in zijn onderbewustzijn. Hoe hij zich ook inspant, hij kan niet erop komen. Maar hij geeft het niet op, omdat hij heel sterk het gevoel heeft dat het hem zal helpen zijn angst te overwinnen. Diep nadenkend zet hij zijn weg voort, de lichtbundel van de flashlight volgend en hij lijkt te zijn vergeten waar hij zich precies bevindt.

Geheel onverwacht ziet hij niet eens zo heel ver weg de lichten van de eerste huizen. En op hetzelfde moment schiet hem te binnen wat zo dwingend aan zijn herinnering heeft geknaagd. Het is iets uit de preek van pater Weewee tijdens een kerkdienst over een opmerking van een wijze man, een opmerking die hij zich had voorgenomen nooit te vergeten. Die wijze man was president Nelson Mandela van Zuid-Afrika die volgens de pater eens heeft gezegd: 'De moedige man is niet hij die geen angst voelt, maar hij die die angst overwint.' Die uitspraak die hem in zijn onderbewustzijn heeft beziggehouden, heeft gemaakt dat hij werkelijk zijn angst heeft overwonnen. Want hij is zonder dat hij het heeft gemerkt en zonder dat hij enige angst heeft gevoeld door en langs de begraafplaatsen gelopen!

Nelson Mandela was een Zuid-Afrikaan. Hij zette zich in voor gelijke rechten voor kleurlingen, blanke mensen en donkere mensen. Hij werd geboren in 1918 in een dorpje in Zuid-Afrika. Hij heeft een Engelse naam (Nelson) en een Afrikaanse naam (Rolihlahla). Toen Nelson leefde was er apartheid in Zuid-Afrika. Apartheid betekent dat groepen mensen anders worden behandeld, dat er andere regels zijn voor de verschillende groepen. Zo waren er stranden die alleen toegankelijk waren voor blanke mensen. En er waren aparte zitplaatsen voor donkere mensen in de bus. Blanke mensen en donkere mensen mochten ook niet met elkaar trouwen. Veel mensen waren het daar niet mee eens. Ze kwamen in opstand. De regering trad daar hard tegen op.

Mensen werden gevangengezet of doodgeschoten. Ook Nelson kwam in opstand. Hij werd lid van de politieke partij het ANC (Afrikaans Nationaal Congres).

Op een gegeven moment besloot het ANC dat demonstreren zonder geweld te weinig zin had en een militaire afdeling werd opgestart. Er werden bijvoorbeeld bommen bij gebouwen van de regering geplaatst. Hierdoor vielen soms slachtoffers. De regering verbood daarom het ANC. In 1964 werd Nelson opgepakt, omdat hij de leider was van deze verboden partij en hij werd gevangengezet. In de gevangenis kreeg Nelson een paar keer het aanbod om vrij te komen. Hij moest dan wel stoppen met demonstreren en naar een ander land verhuizen. Daarmee ging Nelson niet akkoord.

Na 27 jaar gevangen te hebben gezeten kwam hij in 1990 vrij. Na zijn vrijlating werd het ANC weer een legale partij. In 1993 kreeg Nelson de Nobelprijs voor de vrede. In 1994 werden er voor het eerst normale verkiezingen gehouden. Het ANC won deze verkiezingen en Nelson werd de eerste donkere president van Zuid-Afrika. Hij schafte meteen de apartheidsregels af. In 2013 stierf Nelson Mandela.

Dena is in het dorp; eindelijk, wat een lange dag. Hij haast zich naar huis, maar voor hij naar binnengaat, verstopt hij zijn backpack op de gebruikelijke plaats achter het huis. Zijn ouders zitten aan tafel en zijn vader vraagt waar hij vandaan komt. 'Met vrienden in Kadjoe aan het spelen geweest,' zegt hij. Wat hij niet weet is dat zijn ouders al gehoord hebben dat Daniël een ongeluk heeft gekregen in de mijn en dat Delisi door de politie is opgepakt. Dan zegt zijn vader: 'Ga baden, dan mag je de waarheid komen vertellen.' Aan de stem van zijn vader hoort hij dat hij maar beter de waarheid kan vertellen. Hij gaat snel in bad en vertelt daarna het hele verhaal aan zijn ouders. Tot zijn grote verbazing en opluchting blijkt zijn vader niet boos te zijn, maar stuurt hem naar zijn kamer nadat hij heeft gegeten.

Zaterdag en zondag zijn voor Dena zware dagen vol flashbacks over wat er is gebeurd. Hij is ook heel teruggetrokken en hij blijft in zijn kamer. Zaterdag maakt hij zijn huiswerk en zondag gaat hij naar de kerk met het gezin.

GEVOLGEN VAN DE KEUZE

Onderweg naar school op de maandag komt hij noch Delisi noch Deniël tegen. Op school aangekomen hoort hij van de scholieren wat er in de mijn is gebeurd. Hij hoort dat Deniël is opgenomen in het ziekenhuis in de stad en dat Delisi is opgesloten in de politiepost in Brownsweg.

Kort voor de pauze ziet hij majoor Starke van het politiebureau Brokopondo vergezeld van twee andere politieagenten het schoolplein oplopen. Dena herkent een van hen. Zijn hart begint sneller te kloppen, omdat hij weet dat ze voor hem komen. De politiemannen gaan het kantoor van het schoolhoofd binnen en enkele minuten later komt het schoolhoofd naar buiten en loopt naar de klas van Dena. Als het schoolhoofd bij de klas is gekomen, blijft hij in de deuropening staan, kijkt naar binnen, knikt even tegen de klasleraar en roept: 'Dena, pak je spullen en kom met mij mee naar kantoor.'

Daar vraagt de ene agent op strenge toon: 'Jongeman, was je gisteren in de mijn van Gross Mining?' En Dena antwoordt naar waarheid: 'Jawel, meneer agent.' De agent zegt: 'Dat is een eerlijk antwoord, maar we moeten je arresteren voor je aanwezigheid in de mijn.'

Hij wordt meegenomen naar de politiepost in Brownsweg, waar hij Delisi, Daga en nog een paar andere jongens ziet. Enkele uren gaan voorbij en een agent komt ze vertellen dat hun ouders al zijn ingelicht en dat ze een maand opgesloten zullen worden. De reden voor hun aanhouding is het illegaal betreden van de mijn.

Zijn kennismaking met de gevangenis vervult hem met afgrijzen. Hij moet een klein hok delen met vijf andere mannen. Ze moeten op de vloer slapen, elke dag om 5 uur in de ochtend opstaan om te baden en elke avond om 9 uur slapen. De eerste paar dagen mag hij zijn ouders niet spreken. Dat zijn heel lange dagen. Zijn moeder heeft hem wat kleren gebracht en ze brengt elke dag eten. Elke dag denkt Dena aan de slogan van het bedrijf om ukem te ontmoedigen bij de mensen van het district. En nu pas begrijpt hij het helemaal. NO UKEM! A gowtu no warti a nowtu. (Doe niet mee aan het illegaal betreden van de mijnen! Het goud is de problemen niet waard.)

Al in de eerste week van zijn hechtenis breekt er een gevecht uit in een van de twee cellenhuizen en is een van de ruziezoekers aan zijn hoofd gewond geraakt, terwijl de andere een bloedend gezicht heeft overgehouden. Nadat de twee vechtersbazen uit elkaar zijn gehaald, hebben de agenten de gewonde geplaatst in de cel waarin Dena met nog drie andere arrestanten is opgesloten. Het slachtoffer heeft veel bloed verloren waarmee zijn hele shirt doordrenkt is. Dena wordt misselijk van de geur en moet kokhalzen. 'Comma, Comma,' roept hij in de richting waarin hij de politiemannen vermoedt, 'ik voel me misselijk, ik moet overgeven.' Maar hij krijgt geen antwoord en er komt niemand. Op zijn herhaalde, dringende roep om hulp komt geen enkele reactie en hij voelt de braakneigingen steeds sterker worden. Hij begint te zweten en op een gegeven moment kan hij het niet meer inhouden. Hij probeert nog een doek in zijn mond te proppen, maar zijn maaginhoud komt met een vaart eruit, spat tegen de muur en glijdt op de vloer. De agenten komen twee uur later een kijkje nemen en Dena wordt opgedragen zijn braaksel op te ruimen. De ene agent is woest en schreeuwt zo luid dat Dena's trommelvliezen dreigen te scheuren: 'Denk je dat je thuis bent? Hier accepteren we dit soort dierlijk gedrag niet. Je moet alles opruimen en voor straf moet jij de komende vijf dagen de cel schoonmaken en elke dag om 6 uur 's morgens beginnen.' Een poosje later wordt de gewonde afgevoerd naar poli Brownsweg.

Dena heeft steeds gehoord dat de gevangenis niet een plaats is waar je gedurende een bepaalde tijd wil logeren, maar wat hij heeft meegemaakt, overtreft zelfs de ergste beelden die hij zich heeft kunnen voorstellen.

Later op de dag komt de gewonde terug. Hij ziet er helemaal niet uit als iemand die misdaden pleegt en die in de gevangenis zit of heeft gezeten; hij is lang en mager, zijn haar is netjes gekapt en hij is geschoren. Hij heeft nu schone kleren aan en een dik verband om zijn hoofd. Dena durft in het begin niet met hem te praten, maar na een paar uren raakt het tweetal aan de praat.

Zijn naam is Esco en waarin Dena natuurlijk het meest geïnteresseerd is, is waarom hij in de cel zit. Esco vertelt dat hij van roof verdacht wordt. Zijn verhaal is dat hij en een paar vrienden goud waren gaan zoeken op de goudvelden van Sarakreek en dat ze enkele garimpeiro's, dat zijn illegale Braziliaanse goudzoekers, hadden beroofd. In zijn ogen is dat geen roof, omdat ze goud hadden afgepakt van Brazilianen die illegaal in Suriname wonen. Hoe is het roven als je het afpakt van mensen die het zelf gestolen hebben van mama Sranan, is zijn redenering. 'Het is hun land niet en ze hebben geen recht hier te zijn en dit is niet de eerste keer dat ik dit heb gedaan. Ze hebben me dit keer gepakt, dus ik heb gewoon pech,' voert Esco tot zijn verdediging aan. Dena wijst hem erop dat het goud ook niet van hem is en dat hij het dus niet kan afpakken van de Brazilianen. Esco's gezicht vertrekt van woede en Dena wordt bang. 'Natuurlijk is het mijn goud,' gilt Esco, 'omdat ik een Surinamer ben.'

Dena wordt stil en onverwachts vraagt Esco hem: 'En waarom ben jij hier?' Dena vertelt dat hij goud is gaan zoeken op de concessie van Gross, dat hij is aangehouden voor het illegaal betreden van het mijngebied en niet voor het stelen van goud, omdat ze bij zijn aanhouding geen goud op hem hebben gevonden.

Hij vraagt waarom Esco met de andere arrestant heeft gevochten. Esco geeft eerst een ontwijkend antwoord, maar als Dena blijft aandringen, zegt hij dat terwijl hij sliep de andere man zich tegen hem aandrukte waardoor hij wakker werd. Esco: 'Ik zei tegen hem dat hij moest ophouden, omdat ik het niet prettig vind. Toen hij dat weer deed, heb ik hem gelijk een vuistslag gegeven op zijn neus. Hij begon te bloeden en viel op de vloer, maar ik was kwaad en ging door met slaan. Zijn hele gezicht zat onder het bloed en toen kwamen de agenten om ons uit elkaar te halen. Maar ik hield niet op, totdat een agent mij met zijn gummistok sloeg. Toen pas realiseerde ik me wat er gaande was en zakte ik door mijn knieën. Zo kom ik aan de wond op mijn voorhoofd.'

Na een week in de cel mag Dena bezoek ontvangen van zijn vader en moeder, maar alleen op de zondag. Ze vertellen hem dat Deniël terug is in het dorp en dat zijn ouders een boete hebben betaald bij de politie waardoor hij niet voor de rechter hoeft te verschijnen. Zij daarentegen hebben daar geen geld voor en ook al zouden ze dat wel hebben, zijn vader zou dat niet betalen. Ze vertellen hem verder dat ze een brief van de school hebben ontvangen met de mededeling dat hij is afgeschreven. Dit is een zware klap voor Dena.

In het cellenhuis praat hij haast elke dag urenlang met Esco die zelf een drop-out is en van wie hij enkele wijze lessen leert. Esco: 'Ik ben zelf het criminele pad opgegaan. Laat dat jou niet gebeuren. Kijk waar ik vandaag ben. Ik blijf zeker nog vier jaren vast. Jij moet 30 dagen uitzitten. Vroeg de school verlaten is niet het einde van de wereld. Belangrijk is wat je daarna doet met je tijd. Tijd is hetzelfde voor iedereen. Een dag heeft 24 uren en dat is hetzelfde voor iedereen, van de president tot de ukem man, tot de dragline operator, tot alle bekende sporters als Clarence Seedorf, Soepe Koese en Ilonka Elmont, dus ook hetzelfde voor jou. Het verschil tussen jou en deze mensen is wat ze doen met hun 24 uren, dus wat doe jij met de jouwe.'

Precies na 30 dagen mag Dena naar huis, net als Delisi en Daga. Ze hebben alle drie een strenge waarschuwing gekregen van majoor Starke: 'Laat dit een les voor jullie zijn en vertel het door aan anderen om niet in de mijn te gaan. Een volgende keer zul je er niet zo gemakkelijk vanaf komen. Misdaad loont niet. Al lijkt dat wel zo. Als je een misdaad begaat, zul je er vroeg of laat voor moeten boeten. Doe je best op school zodat je later op een eerlijke manier je brood kunt verdienen.' Dena loopt met een plastic zak in de hand waar zijn kleren in zitten de politiepost uit, waar zijn moeder buiten op hem staat te wachten. Hij denkt over school na en beseft dat hij in het gunstigste geval een heel jaar zal verliezen. Maar dan dringt het met een schok tot hem door dat hij als hij de school wil afmaken naar Paramaribo zal moeten, aangezien er maar één muloschool is in Brokopondo en hij van die school is afgeschreven!

LEVEN ALS EEN DROP-OUT

Dena is opgelucht als hij de eerste dag na zijn detentie weer thuis is. Maar zijn opluchting is van korte duur wanneer de werkelijkheid in haar volle omvang tot hem doordringt. Het feit dat hij niet meer naar school kan in het dorp kan hij niet verwerken, mede omdat hij het op school toch goed doet. Hij ziet zijn toekomstplannen in rook opgaan, want als hij geen diploma van het mulo haalt, zal het bijzonder moeilijk zo niet onmogelijk zijn om middelbaar en hoger onderwijs aan de Anton de Kom Universiteit bijvoorbeeld te volgen. En dus kan hij het vergeten ooit zijn jongensdroom, piloot worden, te verwezenlijken.

Dan schiet hem de wijze les van Esco te binnen: 'Voortijdig de school verlaten is niet het einde van de wereld. Belangrijk is wat je daarna doet met je tijd.' Die wijsheid die hij in de cel heeft meegekregen, vertaalt hij nu als ala ogri e tyari wan bun (elk nadeel heeft een voordeel). Dom is hij niet; hij heeft een goed stel hersenen en dat moet hij goed benutten. Hij wil ook niet bij de pakken gaan neerzitten. Een goede keuzemogelijkheid is natuurlijk verhuizen naar de stad, waar hij gemakkelijker op een andere school kan worden ingeschreven en daarna vervolgonderwijs kan volgen. Hij kan dan allicht een andere keus maken wat hij later wil worden, omdat de grote stad veel meer mogelijkheden biedt.

Een goede stap in die richting is zijn vader vragen of en hoe zijn plannen vorderen om een eigen huis te bouwen in de stad en met het hele gezin daarheen te verhuizen. Maar hij hoeft alleen maar naar het gezicht van zijn vader te kijken om te weten dat hij nu niet over dat onderwerp kan praten. De manier waarop hij naar Dena kijkt, maakt duidelijk dat hij teleurgesteld is in hem. Hij spreekt nauwelijks met hem, terwijl hij dat vroeger wel deed. Als hij naar zijn vader stapte met iets dat hem hinderde, luisterde vader altijd. Dat kan nu echter niet en hij weet wel waarom. Zijn ouders hebben hem en zijn broers en zussen steeds heel streng opgevoed, hebben steeds geprobeerd hen het onderscheid bij te brengen tussen goed en kwaad, niet omdat ze niet van hen houden, maar om hen ervoor te behoeden slechte keuzes te maken, het slechte pad op te gaan. En het moet vooral zijn vader veel pijn doen zijn jongste zoon in aanraking te zien komen met justitie, iets waar hij juist zó voor gewaarschuwd heeft. Zijn andere kinderen halen ook allerlei kattenkwaad en kwajongensstreken uit, maar dat is jonge kinderen nu eenmaal eigen. Maar Dena is te ver gegaan. In de ogen van zijn vader heeft hij niet alleen zijn familie te schande gemaakt, maar heeft hij ook zichzelf onteerd.

De schoolvakanties zijn ondertussen voorbij en zijn zusjes gaan weer naar school. Dena is niet gewend thuis te blijven en niets te doen, hoewel hij denkt dat hij misschien een beetje kan bijkomen van alle spanningen die hij de afgelopen weken heeft doorgemaakt. De eerste dagen zijn leuk, maar naarmate de dagen voorbijgaan, neemt ook de verveling toe. Hij heeft de tijd, maar hij heeft weinig of niets te doen; wat nu. Dagen gaan voorbij en Dena wordt onrustig.

Dan hoort hij op een dag dat Gabsie, een andere winkelier in het dorp, personeel zoekt voor diverse werkzaamheden in het Stoneiland-ressort, een schiereiland in het Brokopondostuwmeer. Je kunt er gemakkelijk komen met een auto en vanuit het dorp reizen elke dag arbeiders heen en weer tussen hun huis en hun werkplek.

Hij speelt met het idee om te gaan solliciteren, maar kan de moed niet opbrengen zijn vader om toestemming te vragen. Hij is inmiddels niet meer schoolplichtig. Na een paar dagen trekt hij de stoute schoenen aan en doet hij waar moed voor nodig is: hij stapt naar zijn vader en vraagt: 'Pa, mag ik voor de periode dat ik thuis zit op Stoneiland gaan werken?' En zijn vader antwoordt kortaf: 'Ja.' Dat verrast Dena. En hij denkt bij zichzelf: dat klinkt niet als mijn vader. Een antwoord zonder verklaring gegeven door mijn vader is een zeldzaamheid ... dat komt haast nooit voor. Maar hij heeft het antwoord dat hij wil.

De volgende dag gaat hij naar de winkel van Gabsie om te informeren naar de baan op Stoneiland. Hij stapt binnen en spreekt de man achter de toonbank aan. 'Goedemorgen meneer, ik ben op zoek naar meneer Gabsie.' 'Waar gaat het over?' vraagt de man achter de toonbank. 'Ik heb begrepen dat hij personeel zoekt voor Stoneiland.' 'Meneer Gabsie is er nu niet. Hij is voor zaken naar de stad,' zegt de man. Hij kijkt Dena daarbij strak aan en vraagt: 'Ben jij niet die jongen uit Waki 1 die door de politie was aangehouden?' 'Ja, dat ben ik. Maar ik ben vrijgelaten en ik wil werken tot ik weer naar school kan, want voorlopig kan ik dat niet,' antwoordt Dena naar waarheid. 'We hebben geen jobs meer op Stoneiland,' zegt de man. 'Hebt u niemand nodig in de winkel?' 'Sorry, we hebben op dit moment geen personeel nodig,' zegt de man. Dena vindt dat die man hem vreemd blijft aankijken en zich ook vreemd gedraagt.

Op de terugweg besluit hij het te proberen bij winkel Pokie en bij Fargo. Maar ook daar vangt hij bot en bereikt hij zijn doel niet. Teleurgesteld gaat hij huiswaarts, denkend aan wat hij gaat doen, want thuisblijven en duimendraaien is geen uitweg. Als zijn moeder hem vraagt wat er aan de hand is, antwoordt hij niet en gaat hij direct naar zijn kamer.

Een paar dagen later hoort hij dat er wel mensen zijn aangenomen door Gabsie voor Stoneiland en ook voor de winkel. Hem wordt ook verteld dat hij niet is aangenomen, omdat hij met Justitie in aanraking is gekomen en in voorarrest heeft gezeten. Zo wordt hij met de neus op de feiten gedrukt en krijgt hij een etiket opgeplakt waarmee hij zal moeten leren leven. Enkele mensen in zijn omgeving noemen hem een crimineel en andere bestempelen hem als drop-out, en langzamerhand begint hij zich ook zo te voelen en te gedragen. In de samenleving heerst de opvatting dat een vast patroon – een bepaald samenstel van gedragingen zoals bandeloosheid, er onverzorgd uitzien, onbeschoft zijn tegenover ouderen, stelen, vertonen van agressief gedrag – van nature hoort bij jongeren met een bedenkelijke of slechte naam. Deze jongeren vervallen makkelijker in drugsgebruik, terwijl tienerzwangerschap heel vaak voorkomt.

Dena komt in het dorp een neef tegen die luistert naar de naam Biga. Biga woont in de stad en heeft een beetje geld. Hoe hij aan zijn geld komt, weet Dena niet en het interesseert hem ook niet. Na de gebruikelijke wederzijdse begroeting en een paar woorden over onbeduidende zaken vertelt Dena dat hij een baan zoekt, aangezien hij niet meer naar school gaat. Biga lacht en zegt dat hij niet hoeft te werken en dat hij een betere keuzemogelijkheid voor hem heeft om aan geld te komen. Hij vraagt of Dena een ID-kaart heeft waarop deze bevestigend antwoordt en erbij vertelt dat hij de kaart niet zolang geleden heeft laten maken, enkele dagen na zijn 16e verjaardag. Biga reageert daarop met te zeggen dat hij dan een prima kandidaat is voor het werk dat hij voor ogen heeft, werk dat niet zo moeilijk is. Nieuwsgierig geworden vraagt Dena wat hij dan precies moet doen. Biga: 'Ik heb heel wat dozen die ik naar Nederland moet verzenden, maar ik kan niet alles op mijn naam doen. Je mag namelijk per persoon niet meer dan drie dozen verzenden per keer. En daar moet je mij bij helpen door een aantal dozen op jouw naam op de post te doen. Makkelijker kan niet.' Dena is daar wel voor te vinden en vraagt wanneer hij kan beginnen.

'Wat mij betreft morgen al,' zegt Biga, 'maar je mag het niet aan je ouders vertellen.' Als hij die voorwaarde hoort, is Dena wel even stil, maar hij ziet er geen kwaad in, dus gaat hij akkoord.

'Ik haal je morgenochtend op bij winkel Gabsie, dan gaan we naar de stad. Als we daar zijn, gaan we de dozen halen en dan gaan we naar het postkantoor. Wanneer we klaar zijn, breng ik je terug naar het dorp. Je ouders zullen niet eens weten dat je naar de stad bent geweest.' Biga vertelt vervolgens dat een ander neefje, Mickey, ook meegaat om te helpen. Dena kent Mickey wel en ze spreken af om 7 uur 's morgens bij winkel Gabsie.

Teruglopend naar huis laat hij zijn gedachten nog eens gaan over wat neef Biga allemaal heeft gezegd. Dat per persoon slechts drie dozen voor verzending mogen worden aangeboden, klopt niet. Dat weet hij, omdat hij eens met zijn moeder naar het postkantoor is geweest om pakketten naar oom Senard in Nederland te sturen en dat waren er meer dan drie! Dat hij zijn ouders niets mag zeggen, vindt hij ook al zo vreemd. Alles bij elkaar genomen, vindt hij het geen zuivere koffie; er klopt iets niet. Hoewel zijn gevoel hem zegt dat hij het beter niet kan doen, besluit hij om toch te gaan, zich wellicht niet 100% bewust van eventuele gevolgen. Het houdt hem de hele avond bezig, maar hij maakt zichzelf wijs dat het toch te verkiezen is boven het nietsdoen.

's Morgens vertelt hij zijn moeder dat hij naar de stad gaat met Biga. Zijn moeder vraagt wat hij gaat doen en hij vertelt dat hij Biga gaat helpen bij wat werkzaamheden. Om 07.00 uur is hij volgens afspraak bij winkel Gabsie waar Mickey al wacht en een paar minuten later komt Biga aanlopen.

Op een vraag van Dena hoeveel hij gaat verdienen, antwoordt Biga dat hij en Mickey elk SRD 1.850,= zullen ontvangen. Dat is veel geld voor een simpele taak, denkt hij bij zichzelf en dat vergroot alleen maar zijn gevoel dat hij de zaak niet kan vertrouwen.

Onderweg naar de stad vertelt Mickey die dit eerder al samen met Biga heeft gedaan, dat het gemakkelijk is. 'We halen de dozen op en we rijden naar het postkantoor. Je gaat daar in de rij staan en wanneer je aan de beurt bent, reik je de dozen aan en laat je je ID-kaart zien. Dan ga je naar een ander loket waar je de verzendkosten moet betalen en daarna ga je naar de douane, die gaat controleren of er geen verboden dingen in de dozen zitten.' Dena vraagt meteen om nadere uitleg van 'verboden dingen', maar de anderen gaan daar niet op in. Hij ziet dit als nog een twijfelachtig punt in het plan, maar zegt weer niets.

In Paramaribo aangekomen rijden ze naar een huis in een buurt die hij niet kent. Hij moet in de auto wachten, terwijl Mickey en Biga naar binnen gaan. Enkele minuten later komt Biga alleen weer buiten met één doos en Dena wil weten of dat alles is. 'Ja,' zegt Biga. 'De andere klanten zijn niet komen opdagen met hun dozen. 'Dan kun je deze zelf posten. Ik kan dan kijken hoe dat allemaal in zijn werk gaat, zodat ik het voor een volgende keer weet,' zegt Dena. 'Jij moet het doen. Het is echt niet zo moeilijk,' zegt Biga geruststellend.

Ze rijden naar het postkantoor en Dena wordt steeds zenuwachtiger van alle twijfels die bij hem zijn opgekomen. Biga ziet dat hij zich zorgen maakt en benadrukt nogmaals dat het niet zo moeilijk is en dat hij alles zal uitleggen. 'En ik zal met je meegaan naar binnen.' Daarmee is Dena wel een beetje gekalmeerd, maar hij vertrouwt het zaakje toch niet helemaal. Op de doos ontbreken de naam en het adres van degene voor wie de doos bestemd is, maar Biga geeft hem een papiertje waarop dat allemaal staat. De bedoeling is dat Dena eenmaal op het postkantoor zelf de adresgegevens op de doos schrijft.

Bij het postkantoor aangekomen stappen hij en Biga uit, en Dena pakt de doos op. Die is niet zo zwaar en hij vraagt wat erin zit. Biga zegt dat er gedroogde bladeren van medicinale planten in zitten en dat hij zich daarvan kan overtuigen, omdat de doos nog niet is dichtgemaakt. Biga en hij lopen samen naar binnen en wanneer ze zich aansluiten achter de rij wachtenden, zegt Biga dat hij even naar de auto moet om iets te halen dat hij vergeten heeft. Volgens zijn aanwijzingen moet Dena gewoon de rij volgen en hij voegt eraan toe dat hij wel op tijd terug zal zijn als hij aan de beurt is, want de rij is tamelijk lang. Voor het geval hij om welke reden dan ook toch niet op tijd terug is, geeft hij hem alvast de nodige instructies en loopt vervolgens naar buiten.

Gehoorzaam staat Dena in de rij en hij kijkt af en toe naar buiten om te zien of Biga terugkomt. Naargelang de rij korter wordt, neemt zijn zenuwachtigheid toe. Hij ziet mensen vóór hem naar de douane gaan voor controle, waar dozen en pakketten grondig worden onderzocht. Sommigen hebben meer dan drie dozen bij zich en dat bevestigt wat hij zelf heeft meegemaakt toen hij een keer met zijn moeder een pakket was komen posten. Zijn hart begint te bonzen, alles om hem heen lijkt stil te vallen en zijn twijfels worden met de minuut groter. Er is nu slechts één persoon, één wachtende vóór hem, en Biga is nog steeds niet terug.

In gedachten gaat hij nog eens alle stappen en punten na die naar dit moment hebben geleid. Biga die hem een karwei aanbiedt waarmee hij veel geld kan verdienen. Een job die bestaat uit het posten van dozen, omdat Biga er zelf niet meer dan drie mag verzenden. Hij mag niets aan zijn ouders vertellen. Het meedoen van Mickey, die dit al eerder heeft gedaan. Het grote bedrag dat Biga betaalt voor iets dat hij zelf kan doen. De onwil van Biga en Mickey om uitleg te geven over wat ze met verboden dingen in de dozen bedoelen. De waas van geheimzinnigheid rondom de hele onderneming.

Terug in de werkelijkheid ziet hij hoe bij de douane een doos grondig wordt onderzocht. Achter zich hoort hij twee mensen mopperen dat het hier zo lang duurt. In Nederland en andere landen gebeurt het controleren van dozen en pakketten elektronisch met scanners en computers. De ene mompelt dat de douane haar werk op deze manier doet, omdat veel mensen worden misbruikt om drugs te smokkelen die zijn verstopt tussen andere spullen in dozen en pakketten. Vorige keer toen hij hier was, hebben ze een jongeman aangehouden. Iemand had hem gevraagd een doos met fruit te posten, maar daarin waren drugs verstopt. Die jongen werd gepakt en overgedragen aan de politie. Zulke jongens belanden gegarandeerd in de gevangenis. De mensen achter hem spreken met een Hollands accent en Dena weet nu zeker dat ze Surinaamse Nederlanders zijn.

Hij hoort ineens heel luid roepen: 'Volgende.' Hij is aan de beurt. Hij stapt naar de balie en de baliemedewerkster vraagt beleefd naar zijn identiteitskaart en naar het adres en de naam van de ontvanger van het pakket. Met alles wat hij daarnet van de mensen achter hem heeft gehoord nog vers in het geheugen, aarzelt hij; hij weet niet goed wat hij moet doen. Nerveus vraagt hij zich af hoe hij zich met goed fatsoen uit zijn netelige positie kan redden. Hij haalt zijn ID-kaart tevoorschijn en zegt tegen de mevrouw achter de balie: 'De adresgegevens heb ik …' en zoekt in zijn zakken naar het stuk papier dat hij van Biga heeft gekregen. Hij doet maar alsof, want het papiertje heeft hij zo gevonden, maar hij ziet hierin een mogelijkheid om weg te komen. 'Ik kan het zo gauw niet vinden,' zegt hij tegen de mevrouw, 'ik moet het in de auto hebben gelaten. Ik ga het meteen halen.' En met deze woorden pakt hij de doos op en loopt ermee naar buiten. Buitengekomen kijkt hij rond, maar hij ziet de auto niet staan waar Biga hem geparkeerd had. Hij raakt lichtelijk in paniek, omdat hij niet weet waar Biga is en wat hij moet doen. Hij weet de weg niet in de stad; hij weet niet waar zijn oom woont bij wie zijn broers en zijn zus logeren. Hulpeloos staat hij daar om zich heen te kijken en doet een schietgebedje dat Biga terug mag komen. Ongeveer vijf minuten later wordt zijn gebed verhoord: Biga komt aanrijden. Dena slaakt een zucht van verlichting en stapt bij Biga in de auto.

Bij het zien van de doos vraag Biga waarom hij die niet heeft gepost. 'Omdat ik het papiertje met de naam en het adres ben kwijtgeraakt,' antwoordt hij een beetje onzeker. 'Ik heb het je gegeven, waar heb je het gelaten,' zegt Biga op allesbehalve vriendelijke toon. Dena schrikt daarvan … Biga klinkt boos. Zwakjes zegt hij: 'Je hebt het mij inderdaad gegeven. Ik heb het in mijn borstzak gedaan, maar ik kan het nu nergens vinden.'

Zwijgend rijden ze verder tot ze weer bij het huis zijn waar Biga de doos heeft opgehaald. Daar aangekomen zegt Biga dat hij vandaag niet meer naar Brownsweg zal rijden, omdat hij morgen de doos zelf moet gaan posten. Hij zal Dena geld geven om de bus naar huis te betalen, maar verder niets, omdat hij de job die hij had moeten doen niet heeft gedaan. Daar heeft Dena niets op te zeggen. Voor hem is belangrijk dat hij thuiskomt. Biga zet hem zonder verder iets te zeggen af in de Saramaccastraat, waar hij een bus naar Brownsweg kan pakken en geeft hem daar ook werkelijk geld voor.

Dena heeft de hele dag niets gegeten; hij zal met een hongerige maag de reis met de bus moeten maken, maar dat is niet zijn grootste zorg. Hij wil naar huis en dat is belangrijker. Hij is moe van alles en valt kort nadat hij in de bus is gestapt in slaap. Hij wordt pas weer wakker wanneer de bus over de eerste verkeersdrempel in Brownsweg rijdt. Bij winkel Gabsie stapt hij uit en loopt naar huis. Thuis aangekomen vraagt zijn moeder hoe het was in de stad en hij geeft als antwoord dat alles goed is gegaan, maar dat Biga niet mee is teruggekomen, omdat hij het werk waarmee hij bezig is, moet afmaken.

De volgende dag is Dena thuis en denkt hij na over wat hij de vorige dag zoal heeft meegemaakt. Hij vraagt zich af of hij niet overhaast gehandeld heeft en misschien toch had moeten doen waarvoor hij met Biga en Mickey naar de stad is gegaan. Maar aan de andere kant vindt hij dat hij juist gehandeld heeft en gedaan heeft wat zijn gevoel hem zegt.

Daags daarna gaat hij een boodschap voor zijn moeder doen en loopt de jongere broer van Mickey tegen het lijf. Deze vertelt hem dat Mickey door de politie in de stad is aangehouden. Volgens het verhaal van de jongere broer was Mickey een doos gaan posten en is hij op het postkantoor aangehouden, omdat de doos bij onderzoek cocaïne bleek te bevatten. Dena kan zijn oren niet geloven en hij krijgt kippenvel over zijn hele lijf. Hij beseft maar al te goed dat hij op het nippertje de dans is ontsprongen. Het idee dat hij het kon zijn geweest in plaats van Mickey kan hij nauwelijks verwerken. Het zou zeker het einde zijn geweest van zijn hoop om ooit weer naar school te gaan. Het zou bovendien zijn ouders helemaal kapot hebben gemaakt.

Hij gaat naar huis en besluit zijn ouders alles op te biechten, van het begin tot het einde. Aan het slot van zijn bekentenis wordt hij door zijn vader omhelsd. Die zegt dat hij op dit moment heeft gewacht om weer met zijn eerlijke jongen te spreken. 'Ik ben blij dat je alles eerlijk hebt verteld. Dat wat er is gebeurd, daar zullen we samen overheen komen. Je hoeft niet te gaan werken; blijf deze dagen thuis, dan kun je je moeder helpen. Ik verwacht dat we binnenkort zullen kunnen beginnen met de bouw van ons huis in de stad en daarbij kan je ook helpen,' zegt zijn vader. Hiermee is de vrede tussen vader en zoon hersteld. Dena kan weer lachen en normaal doen thuis.

Een week van vreugde en opluchting na de gedenkwaardige ervaringen wordt ruw verstoord wanneer ze het bericht krijgen dat vader betrokken is bij een ongeval en dat hij naar de polikliniek van Brownsweg is gebracht. De door hem bestuurde grote truck kreeg een klapband waardoor hij de macht over het stuur en daarmee de controle over de vrachtwagen verloor, van de weg raakte en in een trens langs die weg belandde. Zijn linkerhand raakte bekneld en hij zal drie vingers verliezen. De hele familie is toch dankbaar, want het had veel erger kunnen zijn.

Dit ongeval brengt hun planning danig in de war, want ze zouden binnenkort beginnen met de bouw van hun huis in Paramaribo. Met een voorlopig gedeeltelijk gehandicapt gezinshoofd zal dat wel enig uitstel betekenen, maar zeker geen afstel! Moeder zal nu de kar moeten trekken, omdat pa tijdelijk is uitgeschakeld, maar ze hebben er alle vertrouwen in dat met de inzet van iedereen het wel zal lukken.

DEEL II
HET LEVEN IN PARAMARIBO

De verhuizing naar Paramaribo heeft veel meer voeten in de aarde. Het is niet zo eenvoudig en het kost meer moeite om dat voor elkaar te krijgen dan de familie had voorzien. Als gevolg van het ongeluk dat vader Tamango is overkomen, kan hij niet werken aan de bouw van hun huis in Paramaribo. Hij moet bovendien regelmatig naar de polikliniek in het dorp. Volgens planning had het gezin in augustus moeten verhuizen, maar dat gebeurt uiteindelijk in de tweede week van september. Dat moet ook wel, want het nieuwe schooljaar begint in oktober en dan moeten Dena en de twee meisjes weer naar school ... in de stad. Moeder heeft het moeilijk om de eindjes aan elkaar te knopen sinds het tijdelijk wegvallen van pa als hoofdkostwinner. Die levert immers de belangrijkste bijdrage aan het inkomen van het huishouden. Het is dubbel zo moeilijk geworden nu het economisch niet zo goed gaat in het dorp en er voor moeder nog maar weinig te doen valt in de winkel.

Ten einde raad spreekt moeder met haar jongere broer Ewald die in Paramaribo woont. Het is dezelfde oom bij wie Dewsoe, Bere en Toiti al logeren. En ook nu weer is die oom bereid zijn zus en haar gezin zoveel en zover mogelijk te steunen. Nu moeten serieus voorbereidingen getroffen worden voor de verhuizing en besloten wordt een famii kuutu te houden om alle zaken goed door te praten. Dat wordt dan gelijk de laatste familiebijeenkomst in Brownsweg.

Op de vergadering vertelt vader Kieto dat hij en moeder het besluit hebben genomen de winkel en hun huis te verhuren aan een Chinese handelaar. Hij heeft daarover gesproken met het dorpsbestuur, want de leiding van het dorp moet toestemming geven. In het begin had het dorpsbestuur daar bezwaar tegen, maar hij heeft de leden ervan kunnen overtuigen dat het beter is voor de dorpsgemeenschap en dat hij, Kieto, de bewoners van het dorp eigenlijk een dienst bewijst. Omdat de Chinese handelaar goede contacten heeft met leveranciers kan hij een veel uitgebreider en gevarieerder assortiment aanbieden, waardoor de mensen van het dorp veel meer keus hebben. Na wat heen en weer gepraat is het dorpsbestuur uiteindelijk akkoord gegaan met het voorstel en heeft toestemming gegeven om de winkel aan de Chinese winkelier te verhuren voor een periode van twee jaren. Na afloop van deze periode zal besproken worden wat iedereen ervan vindt en of de huur kan worden verlengd. Dat alles zal afhangen van het gedrag van de huurder en van zijn winkelprijzen. In het geval dat een dorpeling zelf een winkel wil opzetten, zal de huurovereenkomst met de Chinese winkelier niet verlengd worden. De reden is dat dan iemand van het dorp voorkeur geniet.

Omdat het gezin bij familie in de stad zal intrekken, kan niet de hele inboedel worden meegenomen. Een deel zal worden verkocht en de rest zal in een magazijn in het dorp worden opgeslagen. Moeder voelt er niet veel voor om haar meubilair aan de huurder van de winkel en het woonhuis te verhuren. Geld dat ze aan huur zullen ontvangen, zal voor een deel worden gebruikt als bijdrage in de kosten van onderhoud tijdens hun verblijf bij familie in de stad. Vader Kieto Tamango is te trots om op kosten van familie te gaan leven en wordt in die opstelling volledig gesteund door moeder.

Het volgende onderwerp dat besproken wordt, is wie waar gaat logeren. Het is een uitgemaakte zaak dat ze niet met z'n vijven (vader, moeder, de twee meisjes en Dena) bij de broer van moeder kunnen intrekken, waar de drie andere kinderen Tamango al wonen. Dat gezin bestaat nu uit zeven personen: broer Ewald, zijn vrouw Thelma en hun twee kinderen, plus de drie Tamango's. Daar kunnen er moeilijk nog vijf bij in een woning met drie slaapkamers. Tot groot verdriet van Kieto en Kinti Tamango zit er niets anders op dan het gezin op te splitsen. Nood breekt wet. De vergadering besluit dat Dena intrekt bij de oom waar broers Dewsoe en Bere en zus Toiti al verblijven en dat vader, moeder en de twee meisjes tijdelijk bij een broer van vader gaan wonen. Dat vindt Dena een eerlijke verdeling: vier om vier, vier bij de broer van moeder en vier bij de broer van vader. Dat besluit zal worden uitgevoerd, de familie zal naar Paramaribo verhuizen, maar eerst nadat een huurovereenkomst met de Chinese winkelier is gesloten.

Wonen in de stad is een grote ommekeer in het leven van Dena. Het huis telt weliswaar drie slaapkamers, maar is niet erg groot. Daar moeten ze dan met z'n achten in wonen en één douchecel en één toilet delen. Oom Ewald en tante Thelma hebben een kamer. Ze hebben zelf een dochter, Mariska, en een zoon Nando. Mariska deelt een kamer met Toiti en zoon Nando wordt met Dewsoe, Bere en nu ook Dena in één kamer ondergebracht. De jongens delen dus met z'n vieren een kamer.

De eerste paar dagen is het best leuk; het is net als kamperen binnenshuis: zoiets als buiten leven en in een tent slapen, met matrassen en slaapzakken op de vloer. Er gaan veel makke schapen in een hok is een bekend spreekwoord, maar er zijn grenzen. Komend uit het binnenland is Dena wel het een en ander gewend, maar na een paar dagen is de aardigheid ervanaf en worden de jongens wrevelig. Steeds over elkaar heen moeten stappen, maakt ze prikkelbaar. Kastruimte of een andere ruimte om je spullen op te bergen is er niet. Iedereen moet zich zien te behelpen ...

Dena herinnert zich dat hij in films op de tv heeft gezien dat mannen en jongens in bedden boven elkaar slapen. Dat zijn scheepsbedden of stapelbedden. Hij denkt dat dat een oplossing kan zijn voor het slapen op de grond. Met de laptop gaat hij op het internet op zoek naar stapelbedden en vindt daar een heleboel. Stapelbedden zijn stevige en moderne bedden waarvan sommige veel opbergruimte bieden. Voor wie een kleine slaapkamer heeft en met ruimtegebrek kampt, zijn deze stapelbedden de perfecte oplossing. Verdwaalde schoolboeken en de omgevallen stapel kleding komen niet meer voor. Een stapelbed met laden biedt de mogelijkheid om je spullen op te bergen in de gemakkelijk bereikbare vakjes, kastjes en laden onder het bed. Dat scheelt dus aanzienlijk in de aanschaf van extra kasten en neemt ook minder ruimte in beslag.

Hij heeft een groot aantal modellen van stapelbedden op het internet gezien, het ene nog mooier dan het andere, maar een vrij eenvoudig voorbeeld is zijn keus. Hij laat zijn kamergenoten de foto zien en vraagt wat zij ervan vinden. In hun slaapkamer kunnen twee zulke bedden worden geplaatst, waardoor ieder in zijn eigen bed kan slapen in plaats van op de grond! Maar zo'n bed kan best wel duur zijn. Daarom vragen ze zich af: kunnen we die niet zelf maken? De anderen zijn enthousiast over de bedden en meer nog over het idee om ze zelf te maken. Met z'n vieren stappen ze naar Dena's oom en leggen hem het plan voor. Deze luistert naar de jongens, bekijkt de foto en zegt tegen ze dat er aardig wat vakmanschap bij zal komen kijken om zo'n bed zo te maken dat het niet de eerste de beste keer dat ze erin stappen in elkaar zakt. De jongens zullen bereid moeten zijn om veel tijd en aandacht te besteden aan het bouwen en een goede timmerman moeten vinden om hen daarbij te begeleiden. Die vakman zal, denkt hij, als eerste een materialenlijst opstellen en vragen of ze over gereedschap beschikken. Als ze daar allemaal geen moeite mee hebben, wil hij best zijn gedachten over het idee laten gaan en vooral naar het kostenplaatje kijken. Hij stelt ze voor om zelf maar eens bij verschillende woninginrichtingsbedrijven rond te kijken en prijzen op te vragen, zodat ze vergelijkingen kunnen maken. Wat is goedkoper: bedden kopen of ze zelf maken? Het zou bovendien handig zijn in de meubelzaken te vragen of er bouwpakketten voor stapelbedden bestaan en wat deze eventueel kosten. Zo zou tegelijk het vraagstuk van de materialenlijst worden opgelost.

Oom denkt bij zichzelf dat dit project een goed plan is om de jongens bezig te houden, zodat ze niet rondlummelen en allerlei streken gaan uithalen. Want, redeneert hij, ledigheid is des duivels oorkussen. Maar dat vertelt hij ze natuurlijk niet. Een bijkomend voordeel van het project is dat het hun zelfwerkzaamheid, het op eigen kracht iets doen, het geloof in eigen kunnen, bevordert.

In het huishouden van oom gelden net als in dat van de familie Tamango strikte regels. Daar heeft Dena geen moeite mee, behalve één: het verbod om thuis *Saamaka* te spreken. Die regel is niet ingesteld om de kinderen van hun cultuur te vervreemden of om ze te pesten, maar om ze te helpen kansarmoede te voorkomen. Bij kansarmoede gaat het om armoede die gekenmerkt wordt door het algemeen maken van achterstelling of uitsluiting op het vlak van opleiding en vorming, huisvesting, welzijn en gezondheid, vrijetijdsbesteding en cultuur. De meeste armen zijn laag of niet geschoold en hebben slechts lager of middelbaar onderwijs genoten. Sommige verlaten de school zonder voldoende te kunnen lezen of schrijven. Thuis bij de kinderen is er ook niet veel mogelijkheid om te leren: de ouders kunnen niet helpen met het huiswerk, begrijpen de schoolwereld niet, er is geen ruimte of een rustig hoekje om huiswerk te maken. Kansarmoede wordt omschreven als een toestand waarbij mensen beknot worden in hun kansen om voldoende deel te nemen aan maatschappelijk hooggewaardeerde diensten, zoals onderwijs, arbeid en huisvesting. Het gaat hierbij niet om een eenmalig feit, maar om een duurzame toestand die zich voordoet op verschillende terreinen, zowel materiële als immateriële.

Men ziet vaak dat kinderen uit het binnenland slechtere leerprestaties laten zien dan kinderen uit de stad. Dat komt niet omdat de kinderen uit het binnenland dommer zijn dan die uit de stad, maar omdat de Nederlandse taalkennis en taalbeheersing van de districts- en binnenlandkinderen minder zijn dan van die uit de stad. Daardoor begrijpen ze soms de meest eenvoudige dingen niet en bij hen thuis is er niemand die hen kan uitleggen wat precies bedoeld wordt. Bovendien kunnen ze dan ook niet vertellen wat ze in of van de les hebben geleerd. Zo komen ze dan 'dom' over.

Taal speelt een belangrijke rol in ons leven. Waar we ook zijn, we komen taal tegen: op school, thuis, maar ook wanneer kinderen met elkaar spelen. Taal is daarom belangrijk, omdat we door middel van taal contact kunnen maken met andere mensen. Het is een manier om uit te leggen aan anderen wat je voelt en denkt (expressiemiddel). Om kinderen enthousiast te maken voor het leren van de Nederlandse taal kunnen leuke onderwerpen worden gebruikt en verschillende soorten materiaal. Kinderen moeten leren dat het zinvol is om de Nederlandse taal goed te beheersen.

Om dat doel te bereiken worden alle kinderen in het gezin van oom, behalve Toiti misschien die op de universiteit zit, gestimuleerd zoveel mogelijk te lezen. Alle kinderen met alweer Toiti als uitzondering moeten om 9 uur 's avonds naar bed. Dat moet omdat voldoende slaap erg belangrijk is, zodat ze zich de volgende dag goed kunnen concentreren. Hierdoor nemen ze op school nieuwe kennis en vaardigheden sneller op. Een goede nachtrust in een goed bed zoals in een zelfgebouwd stapelbed, ontspanning door goede vrijetijdsbesteding en lezen, en goede communicatie tussen ouders en kinderen, en kinderen onderling zijn factoren die ertoe bijdragen dat de kinderen goede schoolprestaties kunnen leveren en daardoor later meer kansen in de maatschappij zullen krijgen.

Door het samenleven met broers en zussen, met neven en nichten leert Dena de belangrijkste vaardigheden zoals: met elkaar omgaan, respect hebben voor elkaar, verdraagzaamheid, geduld, liefde, maar ook ruziemaken, omgaan met jaloezie en voor jezelf opkomen. Dankzij zijn grote aanpassingsvermogen heeft Dena zich zonder veel moeite kunnen schikken naar de regels in het gezin van zijn oom. Maar nu begint wel de tijd te dringen om een school te vinden waar hij zich kan inschrijven.

Hij maakt contact met zijn moeder die bij oom Konopoe, de broer van zijn vader, logeert en ze spreken af om de volgende dag een muloschool in de buurt, het dichtst bij zijn woonadres te bezoeken met de vraag of hij daar kan worden ingeschreven. Zo gezegd, zo gedaan, maar tot zijn teleurstelling is op die school helaas geen plek meer. Hij en zijn moeder laten zich echter niet uit het veld slaan en gaan de daaropvolgende dagen langs enkele andere scholen, iets verder weg, maar ook daar lukt het niet.

Nadat ze tevergeefs bij verschillende scholen hebben aangeklopt, worden ze verwezen naar de Inspectie voj die verantwoordelijk is voor scholen van het mulo en het lbo om daar hulp te vragen.

EINDELIJK WEER NAAR SCHOOL

Dena heeft goede hoop dat hij geplaatst kan worden op een muloschool en kijkt vol verwachting uit naar de dag waarop hij en zijn moeder naar de Inspectie zullen gaan. Maar als het dan eindelijk zover is, worden zijn verwachtingen de grond ingeboord: ook bij de Inspectie kunnen ze geen muloschool vinden die hem kan opnemen. En dat terwijl het begin van het nieuwe schooljaar praktisch voor de deur staat.

Wanneer op 1 oktober de school begint, gaan alle kinderen naar school, behalve hij en daar baalt hij goed van! Hij ziet zijn toekomstdromen waaronder een opleiding tot piloot vervliegen, hoewel dat niet de enige keus is die hij voor een latere loopbaan heeft gemaakt.

Maar gelukkig is niet alles verloren. Door tussenkomst van zijn oom die zelf leerkracht is, kan hij op een lagere technische school (LTS) worden geplaatst. Na het behalen van het diploma van deze school en een succesvolle afronding van het schakeljaar kan hij op het NATIN, het Natuurtechnisch Instituut worden ingeschreven. Dat is een goede alternatieve oplossing, omdat voor wat hij later wil worden een technische vooropleiding onmisbaar is, of dat nu piloot is of iets anders in de bouw- en constructiesector waar hij een natuurlijke aanleg voor lijkt te hebben.

Van zijn moeder heeft hij begrepen dat zijn vader intussen zover is genezen, dat hij nu zelfs een baan heeft als kapitein van een binnenvaartuig, een boot voor de binnenwateren, de rivieren dus. In die hoedanigheid vaart hij in dienst van een klein steenslagbedrijf regelmatig met steenslag als lading tussen Balingsoela in Brokopondo en Paramaribo. Hij mist weliswaar drie vingers van zijn linkerhand, namelijk zijn duim, wijsvinger en middelvinger, maar dat is geen beletsel voor hem om zijn nieuwe baan naar behoren uit te voeren, zoals hij altijd heeft gedaan.

Zijn moeder zit ook niet stil. Gedreven door haar handelsgeest en ondernemingszin is ze op bescheiden schaal begonnen met een handelsonderneming, een bedrijfje dat gericht is op de tussenhandel. Moeder koopt in Paramaribo spullen op die gewild zijn in Frans-Guyana en brengt die via de weg naar Albina en vervolgens over de Marowijnerivier naar Saint-Laurent-du-Maroni, waar ze de spullen met een kleine winst weer verkoopt. Zo verdient ze een aardig extra inkomen. Vader verdient ook een redelijk loon bij het steenslagbedrijf waar hij werkt. Het gezamenlijke inkomen van vader en moeder, plus het geld dat ze aan huur van de winkelier ontvangen, is ruim voldoende om te voorzien in hun behoeften en die van hun kinderen, terwijl ze nog wat opzij kunnen leggen voor de bouw van hun eigen huis. Dat is het doel waarnaar zij streven en waarvoor ze bereid zijn offers te brengen. Offers brengen is iets doen wat ze niet leuk vinden maar toch doen, zodat hun kinderen daar later voordeel van kunnen hebben.

Moeder vertelt dat het wennen is aan hun woonsituatie, de toestand waarin ze noodgedwongen moeten wonen. Ze heeft nog nooit zo'n kleine leefruimte met zoveel andere personen moeten delen. Ze heeft steeds gewoond in een huis met haar gezin en dat is anders dan het delen van haar leefomgeving met mensen die niet zo dicht bij haar staan. Het leven met huisgenoten kan soms moeilijk zijn en het laatste wat ze wil, is onenigheid met hen. Maar iedereen doet zijn best. Haar jongste twee dochters zijn ingeschreven op een school op loopafstand vanwaar ze wonen en lijken het best naar hun zin te hebben. Positieve geluiden allemaal waar Dena opgelucht bij ademhaalt. Dat geeft hem weer moed om zijn eigen situatie onder ogen te zien en zich in te spannen om zijn dromen tot werkelijkheid te maken.

Zijn eerste dag op de LTS is in meer dan één opzicht een uitdaging. Hij voelt zich in de eerste plaats als een kat in een vreemd pakhuis: niet erg op zijn gemak. Ten tweede is zijn Nederlands vergeleken met dat van zijn klasgenoten slecht en door zijn taalgebruik valt hij negatief op. En bovendien is hij voor zover hij heeft kunnen nagaan de enige leerling uit het binnenland. Hij praat helemaal niet in de klas en hij geeft korte antwoorden als hem door de leerkracht iets gevraagd wordt, zoals ja, nee of weet niet. Hij voelt zich ook niet gelijk behandeld, zelfs gediscrimineerd, omdat niemand met hem praat. De ene dag is de andere niet en elke dag op school is een uitdaging.

Een ding dat hij nooit meer zal vergeten, is het maken van lidwoordfouten waarbij hij steeds wordt uitgelachen door zijn klasgenoten. Vaak twijfelt hij over de simpelste woorden: zeg ik *de* of *het* klas? En zonder dat hij er bewust over heeft nagedacht, herinnert hij zich een van de regels van thuis. Een gebod dat ze niet altijd leuk vinden, maar dat achteraf gezien, zoals nu, toch wel een goed ding is: het verplicht lezen en spreken van Nederlands. Dat realiseert hij zich nu pas goed. Maar in zijn streven om geen fouten te maken waar zijn klasgenoten hem om zouden uitlachen, maakt hij andere fouten waar ze boos om worden. Een voorbeeld: tijdens het maken van een praktijkopdracht heeft hij een mes nodig. Hij is altijd heel secuur bij het maken van een opgave en vraagt soms om een stuk gereedschap of een instrument dat hij daarbij nodig heeft. Vaak gebeurt het dat hij minutenlang moet nadenken om op de Nederlandse naam van dat wat hij nodig heeft te komen en als hij dat eindelijk weet, dan twijfelt hij aan het juiste lidwoord dat daarbij hoort. Is het *de* beitel of *het* beitel? *De* metaalzaag of *het* metaalzaag?

Om te voorkomen dat hij wordt uitgelachen omdat hij het verkeerde lidwoord heeft gebruikt, staat hij dan op en pakt zelf het gewenste stuk gereedschap. En de hele klas kijkt hem met gefronste wenkbrauwen aan; dat hoort niet! Dat is ongemanierd! Je pakt niet zomaar iets. Je moet erom vragen. Dat gaat zo een poosje door, maar door dit gedrag raakt de sfeer in de klas een beetje gespannen. Elke keer als hij een of ander werktuig nodig heeft, wordt hij nerveus en begint hij te zweten. Meestal gaat het om simpele dingen als een passer, waterpas, schaar of touw waarvan hij de Nederlandse naam niet weet.

Een keer liep de zaak een beetje uit de hand. Hij is ingespannen aan een werkstuk bezig waarbij hij een mes nodig heeft, maar niet bij de hand heeft. In zijn enthousiasme om een goed product af te leveren, roept hij op luide toon naar een klasgenoot: 'Hey, mag ik die *faka* even gebruiken?' Het hele leslokaal is ineens muisstil geworden en iedereen kijkt naar hem. In de eerste plaats omdat hij bijna nooit iets zegt, en in de tweede plaats omdat niemand hem heeft verstaan. Niets vermoedend herhaalt hij zijn vraag: 'Mag ik die faka even gebruiken?' En pas als iedereen begint te lachen, dringt het tot hem door: hij heeft weer eens een fout gemaakt. Hij bloost van schaamte en weet zich geen houding te geven.

En intussen gaat het lachen van de andere leerlingen gewoon door. Een klasgenoot met wie hij een beetje contact heeft, komt naar hem toe en vraagt wat hij nodig heeft. Hij durft zijn vraag niet te herhalen en wijst naar het mes op de tafel van een van de medeleerlingen. De jongen pakt het mes op en geeft het aan hem met de woorden: 'Oh, je bedoelt dit mes.'

Een andere gebeurtenis op school die hem altijd zal bijblijven is de eerste keer dat hij durfde te praten met een meisje uit zijn klas. Er zijn niet veel meisjes op de school. Van de 25 leerlingen in zijn klas is er slechts één meisje. Hij heeft bewondering voor dat meisje en wil graag kennismaken. Haar naam is Sher.

Op een dag wanneer de bel gaat voor de pauze blijft hij op zijn plaats, omdat hij een paar sommen wil afmaken. Dat is niets bijzonders, want hij zit vaker langer in de klas om zijn huiswerk te maken. Die gewoonte heeft hij overgehouden van de raad van zijn vader die luidt: doe vandaag de dingen die je vandaag kunt doen en stel ze niet uit tot morgen, want van uitstel komt afstel. Hij is druk bezig met zijn sommen en als hij even opkijkt, ziet hij dat behalve hijzelf de klas op één andere leerling na leeg is; en die andere leerling is Sher. Hij denkt bij zichzelf: dit is mijn kans om haar te begroeten en haar te zeggen hoe geweldig ik haar vind. Hij is zenuwachtig, maar hij denkt dat zijn woordenschat groot genoeg is om onder woorden te brengen wat hij haar wil zeggen. Helemaal gerust is hij toch niet, want stel je voor dat ze een gesprek in het Nederlands wil voeren. Dat wordt dan een probleem, want hij is geen vlotte babbelaar die de Nederlandse taal beheerst. Ze zijn alleen in de klas, dus hij hoeft niet bang te zijn te worden uitgelachen als hij in een gesprek met haar fouten maakt. Hij kijkt voor alle zekerheid om zich heen om zich ervan te overtuigen dat er inderdaad niemand anders is. Gerustgesteld trekt hij de stoute schoenen aan door uiteindelijk te doen wat hij niet durfde te doen, en loopt naar haar toe. Als hij de eerste stappen in haar richting zet, denkt hij er plotseling aan voorbij te lopen, want hij durft opeens niet meer. Maar bij zijn nadering kijkt ze onverwachts op, hun blikken kruisen elkaar en hij ziet geen uitweg. Met een beetje trillende stem zegt hij: '... Eh, hoe gaat het?' En ze antwoordt: 'Goed. En met jou?' Hij zegt: 'Met mij gaat het ook goed.' En hij staart haar aan en kan verder geen stom woord uitbrengen. 'Is er iets dat je wil zeggen?' vraagt ze en hij stottert: 'Ik ... eh, ik wil zeggen dat ik je wonder.' 'Wat bedoel je precies?' vraagt ze. 'Ik wonder je gewoon, echt waar.' Meer kan hij niet uitbrengen. Sher fronst haar wenkbrauwen en het dringt tot hem door dat hij een domme opmerking heeft gemaakt. 'Leg me nou eens precies uit wat je bedoelt, want ik begrijp je nog steeds niet,' zegt Sher. Op dat moment kan hij wel door de grond zakken van verlegenheid en sociale angst. Hij voelt alsof zijn hart uit zijn borst zal bonzen. Maar wie A gezegd heeft, moet ook B zeggen: als je eenmaal ergens aan begonnen bent, moet je het ook afmaken, denkt hij bij zichzelf. En struikelend over zijn eigen woorden zegt hij tegen haar: 'Jij bent het enige meisje in de klas en dat vind ik goed. Je bent niet bang van al die jongens en dat vind ik ook goed. En je spreekt heel goed Nederlands en dat vind ik helemaal goed. En je krijgt hoge cijfers voor alle vakken, zelfs voor de moeilijke praktijkopdrachten, dat vind ik meer dan goed.' 'Dank je wel voor je complimenten,' zegt Sher voor wie nu pas duidelijk wordt wat hij bedoelt. Hij glimlacht en denkt bij zichzelf: ik weet niet wat complimenten betekent, maar het zal wel goed zijn. En ze zegt: 'Ik heb je eerder niet begrepen omdat je 'ik wonder je' zei in plaats van ik bewonder je.' Daar moeten ze beiden om lachen.

Dena wil graag weten waarom zij, een meisje, in de technische studierichting zit, want dat kom je niet zo vaak tegen. En ze vertelt hem dat ze belangstelling heeft voor techniek, dat ze later ingenieur wil worden of in elk geval een beroep dat met het milieu te maken heeft, bijvoorbeeld cultuurtechnicus. Een cultuurtechnicus houdt zich bezig met het in cultuur brengen van landoppervlak. Cultuurtechniek wordt omschreven als het verbeteren of vergroten van de gebruikswaarde van een gebied. Als een gebied in cultuur gebracht moet worden, is de taak van de cultuurtechnicus het inrichten van stukken land of hierover advies geven. Voor wat betreft het in cultuur brengen van een gebied begint hij met literatuuronderzoek en verzamelt hij informatie. Hij praat bijvoorbeeld met omwonenden en gebruikers van het gebied en neemt bodemmonsters. De bodemmonsters laat hij analyseren en hij is daarnaast ook bezig met water, begroeiing, conditie van bomen en oppervlakte van percelen, vandaar het woord technicus. Als hij zoveel mogelijk gegevens verzameld heeft, combineert en verwerkt hij ze tot een landinrichtingsplan.

Ze heeft ook geleerd dat met techniek alles wordt bedoeld wat mensen hebben gemaakt en nog zullen maken. Dat in de techniek oplossingen worden bedacht voor allerlei behoeften. Bijvoorbeeld dat mensen stoelen maken om te kunnen zitten en meer van dat soort zaken. Hij is daar even stil van.

En sinds die dag spreken ze elkaar altijd in de pauze en soms na school, met schoolwerk als het belangrijkste onderwerp van gesprek. Hij is goed in wis- en natuurkunde, terwijl Sher beter is in Nederlands. En ze beloven elkaar te zullen helpen: hij helpt haar met de vakken waar ze niet zo sterk in is, en zij helpt hem met Nederlands.

Wanneer hij en Sher met elkaar praten, steeds in het Nederlands, struikelt hij altijd over de lidwoorden en zij corrigeert hem telkens.

Dat vindt hij tegelijk leuk en niet leuk. Leuk, omdat hij op die manier van haar leert en niet leuk, omdat hij zich er eigenlijk voor schaamt dat zij het beter weet dan hij. Maar na de onzekerheid te hebben overwonnen, legt hij zich erbij neer dat er situaties kunnen voorkomen waarin meisjes slimmer blijken te zijn dan jongens. En in zo'n situatie verkeert hij nu.

Een keer na school wanneer ze weer gezellig aan het babbelen zijn, legt Sher hem uit dat de Nederlandse taal drie lidwoorden kent: *de, het* en *een*. 'De' en 'het' zijn bepaalde lidwoorden. 'Een' is een onbepaald lidwoord. Hij moet onthouden wanneer hij het juiste lidwoord moet gebruiken, zodat hij weinig of liever zelfs helemaal geen fouten meer maakt. 'Hoe moet ik dat allemaal onthouden, want het is zoveel,' zegt hij een beetje radeloos. 'Je kan dat met een ezelsbruggetje proberen,' antwoordt ze. Hij voelt zich door haar antwoord beledigd en zegt verontwaardigd: 'Dat ik al die dingen niet weet en ze niet kan onthouden, betekent niet dat ik een ezel ben.' En tot zijn ergernis begint Sher heel hard te lachen. Hij kijkt haar niet-begrijpend aan en ze zegt: 'Ik zeg en bedoel niet dat je een ezel bent. Een ezelsbruggetje is een hulpmiddel om iets gemakkelijk te kunnen onthouden of een bepaald soort vraagstukken op te lossen. Je kunt van alles op het internet zoeken. Kom, ik zal je het op mijn mini-laptop laten zien.' En ze haalt haar mini-laptop uit haar rugtas. Hij kijkt daar vol belangstelling naar, want een mini-laptop is iets anders dan zijn laptop.

Sher start haar mini-laptop op en zegt: 'Als je bijvoorbeeld het alfabet wil onthouden, gebruik je dit ezelsbruggetje op het internet. ABC, daar begint het mee; in *deftig* zit DEFG; in *hij* vind je HI en J; de KLM vliegt over de zee; een NOP zit onder een voetbalschoen; met de Q kun je maar weinig doen; RSTU zit in verstuurd; laatst had ik VW gehuurd; daar reed ik mee naar XYZ, het einde van het alfabet.

Maar er is geen ezelsbruggetje voor het onthouden van het juiste lidwoord. Het geslacht van het woord bepaalt welk lidwoord ervoor komt. Geslachten van woorden moet je gewoon onthouden. Die kun je verder zelf wel opzoeken met je laptop.'

Dena is blij met deze uiteenzetting en neemt zich voor het advies van Sher op te volgen. Hij verontschuldigt zich dat hij boos werd, omdat hij dacht dat ze hem voor ezel uitmaakte, terwijl ze bedoelde wat ze net allemaal heeft uitgelegd over het ezelsbruggetje. Hij krijgt plotseling een idee. Omdat ze met z'n achten in één huis wonen, is het thuis wel een beetje krap, er is te weinig ruimte voor iedereen. Daardoor vlot het niet altijd met het maken van huiswerk. En daarom vraagt hij Sher, wel een beetje aarzelend, of zij bereid is met hem na te blijven zodat hij rustig zijn huiswerk kan maken. Ze denkt even na en stemt ermee in zoveel en zo lang mogelijk na te blijven. Op die manier kunnen ze elkaar helpen. Hij is heel blij, want nu slaat hij twee vliegen in één klap: hij kan in alle rust zijn huiswerk maken en hij krijgt daarbij hulp van Sher.

Thuis gaat het ook in financieel opzicht een stuk beter. Ze wonen en leven in het gezin van oom Ewald en tante Thelma in harmonie met elkaar. Sinds zijn ervaring op school in de klas en later met Sher ziet hij nu meer dan ooit tevoren het belang in van een goede kennis van het Nederlands. En in stilte dankt hij zijn oom voor de strenge huisregel op dit stuk.

Van Sher heeft hij geleerd dat je met een mini-laptop of een laptop veel meer kunt doen dan spelletjes spelen en elkaar allerlei gekke berichten sturen. Bij dit laatste wordt sms-taal gebruikt. In de stad hebben heel veel jongelui een mobieltje op zak en op deze manier kunnen ze elkaar altijd bereiken. Daarbij is sms'en zeer populair en veelgebruikt. Het gevolg hiervan is wel dat deze taal ook steeds vaker in schoolwerk wordt gebruikt (en afgekeurd). Van sms-taal word je niet veel wijzer. Vooral Engelse afkortingen worden veel gebruikt. Bijvoorbeeld *cu* = see you, of *btw* = by the way. In sms-taal worden veel klanken door cijfers vervangen, omdat ze anders niet meer in een bericht passen. Bijvoorbeeld w88 = wachten. Veel mensen vinden het slecht voor de taal als er sms-taal wordt gebruikt. Ze zeggen dat het schrijfgedrag erop achteruitgaat. Er wordt zelfs beweerd dat het een vorm van analfabetisme is.

Met je laptop kun je veel van het internet leren. Zo heeft hij over communicatie op het internet gevonden dat de kwaliteit van relaties en van de samenwerking in hoge mate wordt bepaald door de kwaliteit van de communicatie. Communicatie is het met elkaar in verbinding staan van mensen om te overleggen of berichten uit te wisselen. Bij communicatie zijn altijd tenminste twee partijen betrokken in de rol van zender en ontvanger. Hoe beter we communiceren en luisteren des te beter zal de relatie zijn en des te soepeler en efficiënter zal de samenwerking verlopen. Efficiënt betekent ook wel doelmatig. Het betekent dat er met zo min mogelijke inspanning zo veel mogelijk resultaat behaald wordt. Wanneer er efficiënt gewerkt wordt, wordt er veel resultaat behaald zonder dat daarin erg veel inspanning gaat zitten. Want alleen als je in een team de tijd neemt om verschillende visies en ideeën goed te bespreken en vervolgens samen keuzes maakt, kan goed teamwork ontstaan. Teamwork is het samen verrichten van werk, het met elkaar doen van iets in een groep of een ploeg.

Waarom is goed communiceren soms zo lastig? En wat is een goede communicatie eigenlijk? Bij communicatie gaat het erom dat je meningen, ideeën of feiten aan anderen duidelijk weet te maken en daarbij gebruikmaakt van begrijpelijke en correcte taal. Het komt erop neer dat je voor de ander duidelijke taal spreekt. Goede communicatie wordt gekenmerkt door echte aandacht voor de behoeften en de inbreng van de ander, en daarmee respectvol omgaan. Het is meestal het gebrek aan echte aandacht voor de inbreng en behoeften van de ander waardoor de communicatie op het werk en thuis vaak zo moeizaam verloopt.

De uitvoering van het stapelbedproject is een voorbeeld van teamwork en goede communicatie. Iedereen, niet alleen het bouwteam, is trots op het eindresultaat. De bouwkosten zijn behoorlijk lager uitgevallen dan die van een kant-en-klaar gekocht bed. Hout en plaatmateriaal zijn op maat gezaagd en geleverd door een bekende en betrouwbare handelsonderneming in bouwmaterialen, net als alle andere benodigde materialen, zoals spijkers, schroeven, lijm en wat klein handgereedschap en een uitgebreide, duidelijke handleiding voor het in elkaar zetten van de bedden, waardoor er geen behoefte meer bestaat aan een vakman om hen te helpen. Ze hoeven alleen maar de aanwijzingen precies te volgen. Daarvoor is er zelfs een mooie slogan, vaak gebruikt in reclame: een kind kan de was doen. Dit is ook een goed voorbeeld van het spreekwoord 'vele handen maken licht werk', terwijl het de zelfwerkzaamheid en het geloof in eigen kunnen van de jongens heeft bevorderd.

In het begin staat oom Ewald weifelend tegenover het hele idee van het zelf bouwen van de stapelbedden, maar naarmate het werk vordert en hij ziet met hoeveel toewijding het bouwteam bestaande uit Dewsoe, Bere, Nando en Dena te werk gaat, draait hij helemaal bij. En als aan het eind het project wordt opgeleverd, zegt hij zelfs dat de jongens erover moeten denken om dit soort projecten tegen betaling voor andere geïnteresseerde personen uit te voeren! Dewsoe, Bere en Nando brengen daartegenin dat dit niet hun ding is, dat ze andere aspiraties hebben, andere doelen nastreven, dat ze in dit project niet meer dan handlangers zijn geweest; dat Dena de techneut, de technisch aangelegde persoon is, en dat het hele idee van hem afkomstig is. Maar dat neemt niet weg dat ze ook trots zijn op het eindproduct dat ze gezamenlijk hebben afgeleverd.

Moeder Kinti is ook komen kijken naar de door de jongens gebouwde stapelbedden en bij het zien daarvan komt haar handelsgeest onmiddellijk bovendrijven. Zoals zij het ziet, kan Dena een bedrijfje beginnen dat zich toelegt op het maken van deze bedden, want daar is volgens haar best wel een markt voor, niet alleen voor kleinbehuisden in de stad, maar zeker ook in het binnenland.

Oom Ewald brengt naar voren dat de doe-het-zelf-praktijk begint bij het daadwerkelijk samengaan van hand en gereedschap. Daarbij is de mate van succes van deze werkzaamheid een kwestie van de vakkundige, juiste en zinvolle uitvoering. Met andere woorden, naast goede wil is ook handigheid nodig.

Hij vervolgt met te zeggen dat de menselijke hand het meest volmaakte werktuig is van deze wereld. Daarvan moet iedereen die doe-het-zelf-bezigheden wil oppakken zich bewust zijn. Het bevordert het zelfvertrouwen en helpt het zelfbeeld van eigen onhandigheid wegnemen. Er is geen mens die van nature zo onhandig is dat hij niet in staat zou zijn alle handgrepen die voor de gangbare karweitjes nodig zijn na een tijdje oefenen te kunnen uitvoeren met het vooruitzicht op een positief resultaat. En iedereen, elk kind in het binnenland weet dat. Onder het motto *Help uzelf* besparen verworven kundigheden en daadwerkelijke aanpak aanzienlijke geldbedragen. 'En dit laatste heb ik zelf meegemaakt met de stapelbedden die door onze jongens in elkaar zijn gezet,' zegt oom Ewald tot besluit.

EIGEN WONING

Oom Ewald krijgt later bijval van Kieto Tamango die op bezoek is gekomen en vertelt dat hij zich voorgenomen heeft heel binnenkort met de bouw van hun eigen huis te beginnen. Deze mededeling verrast iedereen en daarbovenop komt nog een verrassing wanneer Toiti geheel onverwacht begint te spreken. 'Neem mij niet kwalijk, pa,' zegt ze, 'maar dit verbaast mij. We zijn opgevoed en opgegroeid in de grondregels van een democratie zoals jij en ma ons altijd hebben voorgehouden. We hebben altijd familieoverleg gevoerd wanneer belangrijke beslissingen moeten worden genomen. Dit is een aangelegenheid die ons allemaal raakt en daarom vind ik, overigens met alle respect, dat je niet alleen kunt beslissen dat je binnenkort met de bouw van ons huis gaat beginnen. Vóór daarmee begonnen kan worden, moeten we eerst een lijst maken van wat onze wensen zijn wat betreft stijl, woningtype, aantal slaapkamers, wc's, douches en indeling, en over welk budget we beschikken, met andere woorden, hoeveel geld hebben we om daaraan uit te geven?

Om bij mezelf te beginnen, mijn voorkeur gaat uit naar een houten huis op hoge neuten, omdat het volgens mij goedkoper is in hout te bouwen dan in steen, omdat we geen hout hoeven te importeren. Wat denken de anderen hiervan? En moeten we ook niet rekening houden met de toekomst? Hopen jullie, pa en ma, je oude dag in het huis door te brengen? Zo ja, dan moet gezorgd worden voor passende woonruimte beneden, zodat jullie bij gebreken die ongetwijfeld met de ouderdom zullen komen, beneden kunnen wonen. We moeten ook de financiële gevolgen in kaart brengen. Dat heeft allemaal te maken met een goede planning, want zonder planning kan een heleboel, zo niet alles, fout gaan. Planning is het tijdschema waarin wordt aangegeven wanneer wat gebeuren moet.'

Na dit gloedvolle betoog van Toiti is het even muisstil en de aanwezigen kijken elkaar aan. Plotseling begint tante Thelma in de handen te klappen, met de woorden: 'Bravo! Goed gesproken! Je kunt merken dat ze op de universiteit zit en over alles nadenkt. Het zijn eigenlijk mijn zaken niet, maar ik ben het helemaal met haar eens.'

Kieto Tamango kijkt verward en verlegen tegelijk, want zijn oudste dochter en tegelijk zijn oudste kind heeft volkomen gelijk. In zijn ogen is zijn gezin inderdaad een democratie met hemzelf als regeringsleider en zijn echtgenote in de functies van minister van Financiën en van Binnenlandse Zaken. Zo is het altijd geweest. En hij is bijna van democraat dictator geworden!

'Natuurlijk moeten we zoals gebruikelijk een famii kuutu hierover houden,' zegt hij op verzoenende toon. 'Ik heb alleen willen aangeven dat het de hoogste tijd is dat we stappen ondernemen om een huis voor onszelf te bouwen. Ik wil voorkomen dat we misbruik maken van de gastvrijheid van familieleden. We zijn intussen zo gewend geraakt aan het wonen bij en met familie, dat we bijna vergeten dat we weer zelfstandig moeten gaan wonen. Met dat doel zijn we toch naar de stad verhuisd?'

Als deze laatste zin tot iedereen is doorgedrongen, komen de tongen los en ze beginnen allemaal tegelijk te praten. Totdat moeder Kinti ingrijpt met de woorden: 'Stop! We kunnen samen zingen, maar we kunnen niet allemaal tegelijk praten. Ik stel voor dat we over drie dagen in familievergadering bij elkaar komen om dit onderwerp te bespreken. Tot dan heeft ieder van ons de tijd om zijn of haar gedachten te laten gaan over de punten die Toiti heeft aangehaald. Alle voorstellen, alle ideeën worden doorgepraat en als we het met elkaar eens worden, nemen we een besluit. Akkoord?' De hele familie, ook die van oom Ewald en tante Thelma, stemt daarmee in en kort daarna gaan ze uit elkaar.

Drie dagen later. De voltallige familie Tamango van acht personen is aanwezig en de gezinsvergadering kan beginnen, bijgewoond door de vier leden van het gezin van oom Ewald als toehoorders zonder stemrecht. Zij mogen echter wel aanbevelingen doen, die mogelijk ook in de discussie kunnen worden meegenomen.

Toiti mag als eerste het woord voeren en haalt aan wat ze allemaal al weten: veel mensen koesteren de wens om ooit hun eigen droomhuis te bouwen, maar komen daar zelden of nooit aan toe. Een huis laten bouwen of een bestaand huis kopen is duur en niet voor iedereen haalbaar. Zelf bouwen is dan een mooie kans om alle woonwensen werkelijkheid te laten worden. En ze heeft zich laten vertellen, vooral op de universiteit, dat zelf bouwen minder moeilijk is dan men denkt. 'Ik heb er niet zoveel verstand van, maar ik denk dat we in de familie genoeg manpower hebben om zelf ons huis te kunnen bouwen. De jongens hebben met het stapelbeddenproject in ieder geval al laten zien dat ze naast goede wil ook de nodige handigheid hebben, zoals oom Ewald heeft opgemerkt.'

'Hallo zus, bedankt voor het compliment en het vertrouwen, maar een stapelbed in elkaar zetten is iets heel anders dan een huis bouwen!' brengt Dewsoe daartegenin. 'En toch zouden jullie goede handlangers kunnen zijn,' zegt pa. Moeder: 'Zullen we niet eerst beslissen hoe ons huis eruit moet zien en of jullie mannen dat zelf gaan bouwen? Mij lijkt belangrijk dat we goed inzicht hebben in welke beslissingen op welk moment genomen moeten worden.'

'Ik heb al een keus gemaakt,' zegt Toiti. 'Mijn voorkeur gaat uit naar een houten huis op hoge neuten, met vier slaapkamers, tweemaal bad en toilet boven, en beneden een zelfstandige woonruimte. Ik heb met een paar studenten bouwkunde van de universiteit gesproken zodat ik mij een beeld kan vormen van hoe een huis voor een gezin van acht personen zou kunnen worden ingedeeld. We zouden bijvoorbeeld de volgende indeling kunnen aanhouden. Boven: vier slaapkamers, tweemaal douche en toilet, woonkamer, keuken en een L-vormig balkon. Beneden: slaapkamer, woonkamer, keukenruimte, douche en toilet, berging, garageruimte. Alle slaapkamers krijgen *walk-in closets,* dat zijn ingebouwde of inloopkasten. Maar dat hangt natuurlijk allemaal af van hoeveel geld je te besteden hebt. Wie heeft een ander idee?'

Niemand zegt iets. Het lijkt erop alsof ze allemaal meegaan met de keus van Toiti, behalve pa. 'Waarom hout en waarom hoge neuten?' vraagt hij. Dewsoe: 'Hout is een lokaal materiaal. Dat hoeft niet geïmporteerd te worden. Als we in steen bouwen, moet je er rekening mee houden dat cement steeds duurder kan worden, zeker in deze tijd waarin het economisch niet zo goed gaat in het land.' Bere: 'Met een huis op hoge neuten kun je onder het huis je auto parkeren. Je hoeft dan niet speciaal een garage te bouwen.' Beka: 'Mama kan onder het huis een klein magazijn maken waarin ze spullen kan opslaan die ze naar Frans-Guyana wil brengen. Die hoeven dan niet meer in grote dozen in het huis tussen alle meubels en ander huisraad te staan.' Jojo, de jongste: 'Daar kunnen we af en toe lekker een feestje houden met schoolvrienden en -vriendinnen.' Dena, de techneut: 'Al zolang mensen bouwen, bouwen ze met hout. Bouwen met hout is in veel delen van de wereld de favoriete bouwmethode, want hout is een hernieuwbare grondstof die in honderden soorten te krijgen is. Bij ons in Suriname komen meer dan 400 houtsoorten voor! Je kunt met hout enorm snel bouwen: binnen drie tot vier maanden kan het huis af zijn.'

Pa Tamango: 'Dat kan dan allemaal waar zijn, maar een houten huis is gauw verrot, een stenen huis niet. Een houten huis

wordt opgevreten door houtluizen, maar ik heb nog nooit gehoord van steenluizen die een huis van steen opeten. Ha, ha ...'
Na deze grappige opmerking van vader Tamango barst een koor van protest los, waaraan iedereen meedoet behalve de jongste meisjes Beka en Jojo. Oom Ewald: 'Kieto, weet je dan niet dat de historische binnenstad van Paramaribo hoofdzakelijk uit houten gebouwen bestaat die in de koloniale tijd zijn neergezet en dat Paramaribo wereldwijd bekend is als 'De Houten Stad'? En dat sinds juli 2002 de historische binnenstad op de Werelderfgoedlijst van de UNESCO staat? Die houten gebouwen zijn honderden jaren oud en ze staan er nog steeds.'
Tegen deze ijzersterke argumenten weet pa niets in te brengen en hij geeft zich gewonnen. 'Ik merk dat jullie er goed over hebben nagedacht en dat je zo te zien en te horen al hebt besloten dat het een houten huis wordt. Hebben jullie er ook over nagedacht hoe het huis er precies uit moet gaan zien en wat het gaat kosten?'

Toiti: 'Wij, dat zijn Dewsoe, Bere, Dena en ik, hebben daarover gebrainstormd en hebben een model gekozen. Ma heeft zich van te voren al akkoord verklaard met onze keus en de twee kleintjes doen sowieso met ons mee. Dit is ons droomhuis.'
En met deze woorden haalt ze haar laptop tevoorschijn en laat een afbeelding van een huis op neuten zien. Iedereen kijkt vol bewondering naar het huis en ze zijn het er allemaal over eens dat het een goede keus zou zijn, ook al hebben ze geen ander voorbeeld of model gezien. Het totaalbeeld is een woning die ruimte en frisheid uitstraalt. Tante Thelma: 'Het ziet er mooi, duur en deftig uit. Maar ja, op de foto is altijd alles mooi. Zelfs ik.' Met deze vrolijke noot krijgt ze iedereen aan het lachen, terwijl ze allemaal het tegendeel beweren. Tante Thelma is een schoonheid, en dat is alom bekend in de familie.
'Het doet mij met wat fantasie denken aan de prefabhuizen die vroeger door Bruynzeel werden verkocht. Dat waren van tevoren pasklaar gemaakte huizen die op de bouwplaats in elkaar werden gezet. Die huizen waren heel populair en je ziet ze hier en daar in de stad nog staan,' vertelt oom Ewald. 'Mag ik even je

laptop gebruiken,' vraagt hij aan Toiti, en na enig zoeken op het internet laat hij een afbeelding zien van zo'n Bruynzeelwoning. 'Dit is een woning met drie slaapkamers zoals je op de plattegrond kunt zien', vervolgt hij. En zich tot Kieto richtend: 'Misschien kunnen jullie deze gegevens gebruiken bij de verdere gedachte- wisseling over de bouw van je droomhuis. Je hebt nu een beetje meer houvast, denk ik.' De gezinnen buigen zich over de twee afbeeldingen en de discussies komen goed op gang. Vooral de plattegrond van het Bruynzeelhuis trekt de aandacht. Die geeft inderdaad een goed beeld van de indeling van de ruimte. Het andere huis ziet er groter en mooier uit, maar bij gebrek aan een plattegrond heeft niemand enig idee hoe de ruimte is verdeeld, hoe het er van binnen uitziet.

Dan komt het kostenaspect ter sprake. Wat gaat het bouwen van het droomhuis kosten? En over hoeveel geld kan de familie Tamango beschikken? Hier komt moeder Kinti aan het woord en ze legt uit dat het vermogen van de familie is opgebouwd uit de volgende onderdelen:

- de huuropbrengst van de winkel in Brownsweg;
- het inkomen van pa als binnenvaartschipper;
- geld dat ze verdient met haar handeltje in St.-Laurent;
- de waarde van hun perceel aan de Leliëndaalweg in het Ephraimszegenproject.

De optelsom van de inkomsten die het vermogen vormen, houdt ze nog even voor zich met de opmerking dat ze de tering naar de nering moeten zetten, dus je uitgaven aanpassen aan je inkomsten.

Pa kijkt nadenkend naar de afmetingen en de plattegrond van het Bruynzeelhuis en zegt: 'Mijn gezond verstand zegt mij, zonder allerlei ingewikkelde berekeningen uit te voeren maar rekening houdend met onze financiële positie, dat wij er verstandig aan doen voor het laatste huis te kiezen. We krijgen nu eenmaal niet altijd wat we willen. Ik zie drie slaapkamers: een grote en twee iets kleinere. Ik moet kijken welke mogelijkheden er zijn om een kamer bij te bouwen, zodat we op vier slaapkamers uitkomen. Alle overwegingen, op- en aanmerkingen in aanmerking genomen, stel ik daarom voor dat we voor het Bruynzeelhuis kiezen. Dat lijkt mij goedkoper dan het droomhuis, hoe mooi dat ook is. Jullie kinderen krijgen alle kamers boven en we bouwen beneden voor moeder en mijzelf een wooneenheid met ingebouwde klerenkast, badkamer en wc. Zo houden we ook terdege rekening met de toekomst wanneer moeder en ik oud worden en niet meer zo goed kunnen traplopen. We zitten dan al lekker beneden en hoeven niet door jullie naar Huize Ashiana, het bejaardentehuis op Zorg en Hoop te worden gebracht.'

Aan de gezichten van de kinderen is te zien dat de laatste opmerking met gemengde gevoelens wordt ontvangen, maar daar blijft het voorlopig bij. De hele familie geeft goedkeuring aan dit voorstel, daarin gesteund door oom Ewald en zijn gezin, maar er zijn toch wel enkele kanttekeningen die niet zozeer te maken hebben met de uiteindelijke keus maar met enkele praktische zaken.

Toiti en haar broers bijvoorbeeld hebben geen kritiek op de omgeving, maar hebben er wel moeite mee dat de buurt niet is aangesloten op het waterleidingnet van de Surinaamse Waterleiding Maatschappij (SWM). Als tegen de tijd dat hun huis is afgebouwd geen verandering in die situatie is gekomen, zullen ze elke dag een flink eind moeten lopen, zo'n kilometer of twee, naar de openbare kraan om water te halen. Dat is een allesbehalve prettig vooruitzicht, omdat zich daar regelmatig taferelen voordoen waar ze niet bij betrokken willen worden. Scheldkanonnades zijn daar aan de orde van de dag en eindigen maar al te vaak in vechtpartijen waar soms zelfs pepperspray aan te pas komt. Ze hebben over de voorziening in stromend water uit de kraan informatie gevraagd bij de SWM en kregen te horen dat die ernaar streeft om overal waar mensen activiteiten ontplooien drinkwaterfaciliteiten te bouwen of waar nodig deze te verbeteren. Huishoudens die nog niet zijn aangesloten op het netwerk van de SWM zijn doorgaans aangewezen op regenwater. In de grote droge tijd echter regent het niet of nauwelijks en lopen de watertanks leeg. Waterlevering per watertankwagen is dan de oplossing.

De groei van de stad is de afgelopen twintig jaar niet gepaard gegaan met het vergroten van de waterdruk in het leidingnetwerk, waardoor het voorkomt dat niet uit alle kranen voldoende water stroomt. Bovendien ontbreekt in vele delen van de stad een waterleidingnetwerk! De groei van de stad is voornamelijk ontstaan door de trek van mensen uit de districten naar de stad voor een beter bestaan. Dit is ook het geval bij het gezin Tamango. In hun toekomstige woonbuurt is er nog geen leidingnetwerk van de SWM.

Om het probleem van water op te lossen zijn de kinderen proactief bezig te zoeken naar oplossingen.

Volgens de berekeningen van Dewsoe en Bere heeft het gezin op weekbasis 10.000 liter of 10 m³ water nodig. Deze hoeveelheid kan in bovengrondse watertanks, zogeheten Durotanks worden opgeslagen voor dagelijks gebruik. Hiervoor zouden wel drie tanks elk met een opslagcapaciteit van 1.000 gallon moeten worden gekocht en geplaatst. 1 gallon komt overeen met 3,79 liter. In drie tanks van elk 1.000 gallon kan dus in totaal 3.000 x 3,79 = 11.370 liter worden opgeslagen. Deze hoeveelheid kan door watertrucks van de SWM één keer per week worden aangeleverd. Er is wel sprake van een kleine overcapaciteit, maar de broers hebben er rekening mee gehouden dat de watertrucks niet altijd stipt op tijd zullen zijn. En zo wordt voorkomen dat ze plotseling zonder water komen te zitten. Natuurlijk kan worden geredeneerd dat ze niet moeten wachten tot alle drie tanks leeg zijn om water te bestellen, maar dat zou dan betekenen dat de levering zeker tweemaal per week zou moeten gebeuren en dat is niet aan te bevelen vanwege de rompslomp.

Naast de investering in de watertanks komt nog de aanschaf van de hydrofoor erbij, zodat overal in en rond het huis water dag en nacht uit de kraan kan stromen. Deze investering is nooit weg, want zelfs wanneer de wijk en daarmee ook hun huis op het waterleidingnet van de SWM wordt aangesloten, zal de hydrofoor nodig zijn om voldoende druk te garanderen. Ook dit voorstel wordt door de gezinsvergadering aangenomen en het gezinshoofd neemt het op zich om met deskundigen de plannen door te nemen om een beeld te krijgen van hoeveel de uitvoering kan gaan kosten.

Er is natuurlijk gediscussieerd over de vraag of het wel nodig is veel geld uit te geven aan de aanschaf en installatie van de watertanks, want stel je voor dat vier of vijf weken later de woonwijk wordt aangesloten op het waterleidingnet, dan is dat vele geld voor niets uitgegeven.

Toiti met haar nuchtere en praktische kijk op zaken voert aan dat de wijk al langer dan zes jaar bestaat en dat er nog steeds geen stromend water naar de huizen kan worden gebracht. Ze ziet ook niet gebeuren dat daar plotseling verandering in zal komen. Het zou best nog wel een heel jaar kunnen duren voor het zover is. En het is geen prettig vooruitzicht om 365 dagen lang elke dag water met emmers te gaan halen bij de openbare kraan. Dus geld steken in de aanschaf van de watertanks kan hen een hoop ongemak besparen en is daarom zeker geen weggegooid geld.

Maar moeder Kinti heeft bedenkingen. 'Ik vind het allemaal prachtig,' zegt ze, 'maar we hebben geen geld klaarliggen. Ook al zou het allemaal bij elkaar zeg maar SRD 15.000,= kosten, dat geld hebben we niet. Ik wil jullie vreugde van het vooruitzicht van een eigen huis niet verpesten, maar we hebben geen contant geld achter de hand om het te betalen. Ik heb jullie eerder al voorgerekend waar ons vermogen uit bestaat, maar dat is op papier. We kunnen het draaien of keren zoals we willen, maar daar kunnen we niet mee betalen. Daar zijn contanten voor nodig en die hebben we niet, helaas. En zonder contanten zal het een mooie droom blijven.'

Na deze nuchtere vaststelling van moeder Kinti kijken ze elkaar bedremmeld aan, want ze heeft volkomen gelijk. Maar dan stelt Toiti een voor de hand liggende vraag waar iedereen weer opgelucht van ademhaalt: 'Pa, kun je geen hypothecaire lening afsluiten bij de bank?' De grap is dat ze allemaal weleens hebben gehoord van hypotheek en hypothecaire lening, maar wat dat precies inhoudt weten ze niet. Toiti krijgt bijval van oom Ewald, die van de gelegenheid gebruikmaakt om zijn kennis van dit onderwerp te delen met de rest.

'Een hypotheek of hypothecaire lening,' zegt oom Ewald 'is een lening voor het kopen of bouwen van een huis. De bank wil jouw huis als onderpand voor die lening. Officieel heet dat onderpand de hypotheek. De lening wordt hypothecaire lening genoemd. Laat mij meteen een veel gemaakte fout corrigeren: jij geeft jouw huis en perceel als onderpand voor de lening, dus jij bent de hypotheekgever. De bank of andere financiële instelling die jou de lening geeft en daar een hypotheek op vestigt, is de hypotheeknemer. Niet andersom dus. Dat heb ik van de lui van de bank geleerd. In geval van de bouw van een woning is normaal gesproken 100% financiering van de bouwsom mogelijk. Afhankelijk van je leeftijd en het bedrag dat je kunt aflossen, is een maximale looptijd van twintig jaar mogelijk, maar je kunt natuurlijk kiezen voor een kortere looptijd die bij jouw behoeften en mogelijkheden past. Bij het vaststellen van het bedrag dat je maximaal kunt lenen, spelen ook de taxatiewaarde van huis en perceel, en hoeveel je kunt aflossen een belangrijke rol. De lening moet je wel voor je 60ste jaar hebben afgelost. De bank stelt natuurlijk voorwaarden voor het verstrekken van de lening. Maar het beste is dat je bij een bank gaat vragen naar de voorwaarden, want die kunnen van bank tot bank verschillen.

Ik heb voor het kopen van mijn huis een 100% financiering gekregen. Ik ben ambtenaar en als zodanig is het voor mij een stuk gemakkelijker geweest om de financiering rond te krijgen. Jij, Kieto hebt echter al een perceel, wat ik niet had en dat verandert de zaak wel, denk ik. Mijn advies is dat als je bij een bank aanklopt je alle stukken meeneemt die van belang kunnen zijn, zoals je perceelkaart met taxatiewaarde, de bouwtekening met bouwkosten en een overzicht van jullie inkomsten. Informeer

eens bij een bank welke papieren je precies moet overleggen. Je bent al bijna 50 en misschien dat de bank daar moeilijk over gaat doen, want je moet de lening voordat je 60 wordt, hebben afgelost. Misschien is er een mogelijkheid dat te zijner tijd een van je kinderen, Toiti als oudste bijvoorbeeld, de aflossing overneemt. Vraag het aan de bank. Nee heb je, ja kun je krijgen.'
De families hebben met aandacht naar de uiteenzetting van oom Ewald geluisterd. En Kieto heeft direct het besluit genomen het advies van Ewald op te volgen.

Acht maanden na deze gedenkwaardige familiebijeenkomst is het feest in huize Tamango: hun huis is afgebouwd en opgeleverd, allemaal met financiering door de bank. Het huis wordt met het nodige ceremonieel ingezegend, waarna de familie er haar intrek in neemt.

De jaren gaan zonder schokken maar wel met veranderingen voorbij en iedereen leeft zijn eigen leven. Toiti is afgestudeerd aan de universiteit. Dewsoe en Bere hebben hun middelbare-schooldiploma op zak en beiden hebben besloten voorlopig een baan te zoeken en het maken van een definitieve beroepskeuze en eventueel een daarbijpassende vervolgopleiding even uit te stellen. Op deze manier willen ze bijdragen aan het verlichten van de zware financiële lasten waar hun ouders voor staan, in het bijzonder het aflossen van de hypotheek. De twee meisjes zitten nu op de AMS, de Algemene Middelbare School. Ook voor Dena zit het erop. Althans voor wat zijn studie op het NATIN betreft; hij heeft tot zijn grote opluchting zijn diploma gehaald van de technische stream, een vierjarige opleiding bouwkunde, weg-en waterbouwkunde, werktuigbouwkunde en elektrotechniek.

STAGE BIJ GROSS MINING

Sher heeft eerder afgehaakt en de LTS verlaten, omdat ze besloot om rechten te gaan studeren aan de AdeK en daarvoor de overstap maakte naar het avond-havo. Dat is een verandering waar hij niet alleen van opkeek, maar ook teleurgesteld raakte, omdat hij veel hulp van haar kreeg bij het volgen van de lessen en hij het voortaan zonder die steun zou moeten doen. Het is uiteindelijk toch goed gekomen.

Gedurende zijn hele studie heeft hij zich alle moeite getroost om een wijze les van Einstein in praktijk te brengen. Einstein was een Duits-Zwitsers-Amerikaanse natuurkundige en wordt gezien als een van de belangrijkste natuurkundigen van alle tijden. Je kunt Einstein vergelijken met Isaac Newton, ook al zo'n genie. Einstein is vooral bekend door zijn ontdekking van de zogenoemde relativiteitstheorie en het foto-elektrisch effect. Deze informatie heeft hij gevonden op het internet. Van Sher heeft hij geleerd hoe je beter op het internet allerhande informatie kunt opzoeken. Het internet is een zeer goed hulpmiddel bij je studie, welke studie dan ook. De wijze les waar het om gaat is: *Education is not the learning of facts, it is rather the training of the mind to think.* Vertaald betekent het: Onderwijs is niet het leren van feiten, het is veeleer het trainen van de geest om na te denken. Deze wijze les heeft hij tot zijn lijfspreuk gemaakt.

Een belangrijk onderdeel van de opleiding aan het NATIN is het lopen van stage. Je gaat voor een bepaalde periode aan de slag bij een onderneming of instelling die past bij jouw opleiding. Dat wordt ook wel beroepspraktijkvorming genoemd. Je leert vaardigheden die passen bij je toekomstig beroep. De stage helpt om een goede overstap te maken van onderwijs naar arbeidsmarkt. Je gaat in vaste periodes van je opleiding op stage. Soms weken achter elkaar, soms een paar dagen per week. Dat verschilt per opleiding. Je hebt een stagebegeleider op het NATIN en een praktijkopleider op het werk. Zij helpen je om je stage goed te doorlopen. Om je diploma te behalen, moet je de stage met een voldoende afsluiten. Naast werkzaamheden op je stage, maak je ook opdrachten uit een werkboek.

Het is een grote verrassing voor hem wanneer hij hoort dat hij geselecteerd is om stage te lopen bij Gross Mining. Als jongen uit het district Brokopondo waar Gross Mining haar mijnbouwactiviteiten ontplooit, zou hij als hij mocht kiezen vanzelfsprekend de voorkeur geven aan eeen stage bij dit bedrijf. De kans dat hij daar stage zou lopen vindt hijzelf klein, vandaar zijn verrassing. Het element van de verrassing heeft echter een schaduwzijde, omdat hij wordt geconfronteerd met het verleden, met zijn jongensjaren en alle kattenkwaad dat hij in die tijd heeft uitgehaald, onder andere in de open-pit-goudmijn van dit bedrijf. Zijn laatste dag in het gebied staat hem nog levendig voor ogen, net zo helder als zijn opsluiting in de politiecel en alles wat daarmee samenhangt.

Wanneer hij zijn ouders vertelt dat hij stage zal lopen bij Gross Mining reageren ze heel blij, niet alleen om de stageplek, maar ook en vooral omdat daarmee ook een geweldige mogelijkheid voor hem wordt geopend om in aanmerking te komen voor een baan bij het bedrijf. Zelf voelt hij zich daar niet onverdeeld goed bij; hij heeft last van innerlijke verwarring en hij wordt overspoeld met gevoelens en gedachten die niet met elkaar samengaan. Hij heeft een week om zich voor te bereiden; op school krijgt hij alle informatie.

Op de dag van vertrek wordt hij nog geplaagd door gemengde gevoelens. Zijn grootste angst is dat hij daar bij Gross Mining zal worden herkend. Samen met negen anderen vertrekt hij naar het Brokopondodistrict en naar Gross Mining. Zijn eerste test is bij de poort waar hij door de veiligheidscontrole moet. Hij herkent een van de mannen van de security die hem achterna zat die dag in de mijn vijf jaren geleden, maar tot zijn opluchting herkent de veiligheidsman hem niet. Na de controlepost te zijn gepasseerd, moeten ze nog een busrit van vijftien minuten maken naar Camp David. Daar aangekomen moeten ze hun namen opgeven en worden ze ingecheckt. Hij moet een kamer delen met een andere stagiair, die net als hijzelf ervaring komt opdoen op de werkvloer. Nadat alle administratieve zaken bij Camp Office zijn afgehandeld, worden ze naar hun kamers gebracht. Vervolgens moeten ze naar de keuken om te eten, wat geen van hen verwacht heeft, want het is pas 11 uur 's morgens en nog geen tijd voor de warme maaltijd. Ze maken daar een opmerking over en hun begeleider zegt: 'Maak je niet druk; je gaat vanaf morgen al om 11 uur warm eten en heel gauw zul je erachter komen waarom. Dan zul je om 10 uur al uitkijken naar de keuken.' De keuken is ondergebracht in een groot gebouw en lijkt van buiten op een magazijn. De begeleider vertelt dat ze elke dag in totaal zo'n 3.600 maaltijden moeten klaarmaken. Ze krijgen instructies voor het buffet. Er staat een tafel, soms zelfs meer dan één, in een eetzaal met daarop verschillende gerechten. Iedereen loopt met zijn bord langs de tafel(s) en schept zelf het eten op.

Hij zit aan tafel als hij zijn naam hoort noemen en als hij opkijkt, ziet hij Delisi staan. Hij is totaal verrast, omdat hij allerminst heeft verwacht dat Delisi voor een baas zou werken en zeker niet voor Gross Mining! Maar hij is tegelijk heel blij om te zien dat Delisi niet het verkeerde pad is opgegaan.

Ze raken in gesprek en Delisi vertelt hem dat hij kok is en in de keuken leidinggeeft aan vijftien jongens. Hij is blij met zijn baan en vertelt verder dat Deniël ook hier werkt en dat hij het heeft gebracht tot supervisor in de mijn. Een supervisor geeft leiding aan anderen en heeft ook de verantwoordelijkheid over de acties van anderen. Dena is trots op zijn jeugdvrienden en hij kan nauwelijks wachten om Deniël te ontmoeten.

Na het eten krijgen ze een rondleiding door het kamp en een algemene introductie, de laatste stap van de aanstellingsprocedure. De volgende dag wordt deze procedure voortgezet, aangezien na een aanstelling er een periode komt waarin de nieuwe medewerker op basis van het introductieprogramma bekend moet worden gemaakt met zijn nieuwe omgeving, de collega's, de waarden en normen, de gedragscode, het kamp, de veiligheid, het milieu en nog veel meer.

Ook de derde dag wordt besteed aan het introductieproces, maar nu op de *Maintenance Department* waar ze te werk zullen worden gesteld. Hij is onder de indruk van de grootte van alles wat hij in de *Maintenance Shop* ziet zoals banden van meer dan twee meter hoog. In de shop worden de stagiairs in groepen ingedeeld; hij mag in de *Heavy Duty Shop* werken. Hij is blij met zijn indeling, omdat hij echt wil werken met de grote machines die hij normaal niet in de stad ziet. Nu weet hij zeker dat hij veel van de stage zal leren. Na alle dagen van kennismaking met het bedrijf is hij ready om te werken.

De eerste dag op zijn stageplek voelt vreemd aan. Hij voelt zich in zijn nieuwe werkomgeving als een kat in een vreemd pakhuis: hij voelt zich niet erg op zijn gemak. Hoe kan het ook anders: een bedrijf met vreemde mensen, onbekende gewoonten en alle ogen die op hem gericht zijn. Dat denkt hij, tenminste. Maar dat is niet waar. Hij zal de tijd moeten nemen om zich in te werken, contacten te leggen met de collega's en bovenal gewoon zichzelf blijven.

Hij heeft nu alle nodige instructies gekregen en een 10/4-schema volgens welk hij acht uren per dag moet werken. De normale werktijden van de Maintenance afdeling zijn van 05.00 tot 17.00 uur. De avond vóór zijn eerste echte werkdag ligt hij op bed en denkt aan het 10/4-schema en komt tot de conclusie dat dat slechts zes uren zijn en geen acht. Hij vraagt aan zijn kamergenoot waarom ze een 10/4-schema hebben gekregen, terwijl ze acht uren moeten werken. Die antwoordt dat hij het ook niet begrijpt. Dena neemt zich voor om dat morgen aan zijn supervisor te vragen en tegelijk te vragen om twaalf uren te werken in plaats acht of zes.

De volgende dag zijn de jongens al vroeg wakker, maar omdat ze pas om 10 uur op het werk moeten zijn, liggen ze op bed nog wat te praten. Omstreeks 7 uur komt een schoonmaakster om schoon te maken, maar omdat de jongens nog in de kamer zijn, besluit ze later terug te komen. Rond 9 uur lopen ze naar de keuken, maar bij aankomst blijkt die nog gesloten te zijn. Ze komen ook maar weinig mensen tegen in het kamp, alleen personeel dat er werkt zoals schoonmaaksters en tuinlieden. Ze lopen naar de bushalte, zien geen bus en besluiten dan maar naar hun werk te lopen. Op hun werkplek aangekomen vinden ze iedereen reeds hard aan het werk. Het valt hen direct op, hoewel het pas half 10 is, dat het overal gonst van activiteiten en dat iedereen al bezweet is. Ze zien op een afstand hun supervisor staan. Hij kijkt bezorgd en roept ze bij zich. 'Wat is er met jullie aan hand, waarom zijn jullie zo laat?' vraagt hij op barse toon. 'Laat? We zijn niet laat, baas. We moeten om 10 uur beginnen, want we hebben een 10/4-schema,' antwoordt Dena verontwaardigd. De supervisor is even van zijn stuk gebracht. 'Wat, 10 uur?' 'Ja, baas,' bevestigt de kamergenoot van Dena. 'Gisteren hebt u ons gezegd dat we een 10/4-schema hebben en dat we acht uren mogen werken omdat we studenten zijn.' 'Nee, nee, nee,' roept de supervisor, 'dat is niet waar 10/4 voor staat. Hier in Gross Mining wordt met een 10/4-schema bedoeld: tien dagen werken on-site, dat is op locatie, en vier dagen vrij. Dan mogen jullie naar huis voor vier dagen, waarna de tien werkdagen weer beginnen, en zo door. Jullie werktijd is elke dag van 08.00 uur tot 16.00 uur.' Dena en zijn kamergenoot zijn beiden zeer verbaasd, maar tegelijkertijd ook bang dat ze al op de eerste dag disciplinair gestraft zullen worden in verband met overtreding van de regels. Maar de supervisor stelt ze gerust en zegt dat dit gezien zal worden als een miscommunicatie van beide kanten, want hij had duidelijker moeten zijn. En hij drukt ze op het hart om morgen wel op tijd op het werk te zijn en dat is om 8 uur.

De twee worden naar hun individuele werkplek gestuurd en Dena krijgt te horen wat zijn opdracht is en is daar heel enthousiast over: hij moet een heel grote, nieuwe graafmachine een CAT 5130 assembleren. Assembleren van een machine is het weer in elkaar zetten of samenstellen daarvan uit ingevoerde onderdelen. Dit komt vaak voor bij grote machines die juist door hun grootte voor transport uit elkaar moeten worden gehaald om later als ze op hun bestemming zijn aangekomen weer in elkaar te worden gezet. Hij mag de rest van de dag besteden aan het bestuderen van de handleiding van deze enorme machine.

Na schafttijd vraagt hij zijn supervisor speciale toestemming om alle twaalf uren te mogen werken. De supervisor antwoordt dat hij zijn verzoek aan de afdeling *Human Resource* (HR) moet doen. Verder is ook toestemming nodig van het NATIN en van zijn ouders.

Hij volgt nauwkeurig de voorgeschreven procedure, dus eerst toestemming vragen bij de HR-afdeling van het bedrijf, de leiding van het NATIN en tot slot aan zijn ouders, en binnen korte tijd wordt zijn verzoek goedgekeurd. Hij heeft het verzoek gedaan in de overtuiging dat een dag die 24 uren telt voor iedereen hetzelfde is. Het verschil tussen een succesvolle persoon en een niet succesvolle is in zijn opvatting hoe elk van ze omgaat met de gegeven 24 uren. Dit heeft hij geleerd van Esco in de gevangenis. Zijn leidraad is om zijn uren zo productief mogelijk door te brengen. Tot zijn twintigste jaar is zijn doel zoveel mogelijk leren, maar naarmate de tijd vordert, beseft hij dat het daar niet bij ophoudt. Hij neemt zich dan ook voor nooit te stoppen met leren, omdat dit van bijzonder belang is voor zijn verdere carrière zoals hij die voor zichzelf heeft uitgestippeld.

Op de eerste werkdag waarop hij om 5 uur mag beginnen, begrijpt hij heel wat zaken beter. In het kamp is het vanaf 4 uur al heel druk, want de werknemers maken zich klaar om hun dag te starten. Hij begrijpt waarom de keuken al vanaf 4 uur voor ontbijt opengaat en om 7 uur weer sluit: omdat er dan voorbereidingen moeten worden getroffen voor de lunch, die om 11 uur begint en doorgaat tot 13 uur. Het avondmaal wordt tussen 16.00 en 19.30 uur opgediend.

Vier maanden en drie weken later is hij klaar met de stage. Tijdens zijn stageperiode heeft hij steeds zijn uiterste best gedaan proactief te zijn. Je bent proactief als je iets doet voordat iets gebeurt, bijvoorbeeld om het te voorkomen. Zoals al het brandbaar materiaal in de shop wegzetten, zodanig dat er niet spontaan brand uitbreekt, dus wat niet door van buiten komende oorzaken gebeurt.

Tijdens zijn stageperiode heeft hij zich proactief opgesteld om zijn supervisor en andere leidinggevenden bij Gross Mining ervan te overtuigen dat hij tot meer in staat is dan alleen stageklusjes. Hij is vaak op onderzoek uit geweest om erachter te komen welke zaken hij opmerkelijk vindt en heeft die altijd aan de bedrijfsbegeleider doorgegeven. Zijn stageopdracht heeft hij nooit vergeten. Natuurlijk wil hij van zijn stageperiode een succes maken en ervoor zorgen dat men bij Gross Mining een goede indruk van hem heeft, maar aan het einde van de periode moet hij ook zijn schoolactiviteiten af hebben. Hij heeft de verplichte opdrachten van de school af en hij zorgt ervoor dat de opdrachten ook van waarde kunnen zijn voor Gross Mining.

Problemen tijdens zijn werk in de Maintenance Shop heeft hij tijdig aangegeven. En hij is er zich steeds van bewust gebleven dat hij in de eerste plaats stage loopt om zelf te leren. Hij is niet bang om fouten te maken, want door zijn ouders is hem ingeprent dat je van je fouten leert. Een stageperiode is een periode waarin je als student de theorie in de praktijk brengt. Omdat het zijn eerste ervaring is op het vakgebied, is het niet uitgesloten dat hij fouten maakt, fouten waarvan hij zou kunnen leren. Hij heeft zich naar beste weten en kunnen van zijn taken gekweten en heeft van zijn stageperiode een succes gemaakt.

Aan het eind van de rit wacht de diploma-uitreiking! Daar is hij heel trots op en zijn familie ook. Op de grote dag staat hij weer alleen. De meeste studenten worden begeleid door een ouder of verzorger. Zo heel vreemd is dat ook weer niet voor hem, omdat hij dat eerder heeft meegemaakt: eerst in het binnenland en later op de LTS in de stad. In het binnenland is het normaal dat ouders niet aanwezig zijn op zo'n dag. Zijn eigen ouders zijn er ook niet bij, maar hij weet wel dat ze hem ondersteunen in zijn ontwikkeling.

Op latere leeftijd realiseert hij zich dat marron-ouders niet gauw naar de school van hun kinderen gaan, tenzij dat verplicht is. Waarom weet hij niet, maar hij vermoedt dat het te maken heeft met hoe marrons over het algemeen tegen het onderwijs aankijken. De school wordt meestal ervaren als een plek waar westerse kennis en cultuur worden overgedragen, waaraan hun eigen intellectuele peil ondergeschikt zou zijn, wat in werkelijkheid niet zo is. Of ze geven prioriteit aan andere zaken. Gelukkig ziet hij de laatste jaren daar wel verandering in komen. Marron-ouders zijn meer en meer betrokken zijn bij het leerproces van hun kinderen, vooral de jonge ouders.

De voorwaarden zijn vervuld: diploma op zak en praktijkervaring opgedaan. Op 24-jarige leeftijd is hij er klaar voor om de eerste stap te zetten op het pad naar een eigen onderneming en om een jongensdroom in vervulling te doen gaan. Het doel van de stage is voornamelijk om kennis te maken met het werken binnen een organisatie en de praktijk. Door middel van de stage is hij erachter gekomen hoe hij met zijn opleiding aan het NATIN zijn doel kan bereiken. Ook heeft de stage gezorgd voor de verdere ontwikkeling van zijn sociale en communicatieve vaardigheden: hij heeft meer geleerd hoe het is om te werken in een team. Dat heeft hij immers eerder al gedaan met het stapelbeddenproject, ook al was dat werk van amateurs, van een stel jongemannen die iets niet als beroep deden maar voor hun plezier. Tot slot heeft hij kennisgemaakt met omstandigheden zoals deze in arbeidssituaties voorkomen, zoals organisatieprincipes, gezagsverhoudingen en bedrijfsfilosofie. De bedrijfsfilosofie van een onderneming is een beschrijving van de idealen van die onderneming, en van de waarden en normen die zij bij het nastreven van haar doelen wil hanteren.

KLUSJESMAN

Aanvankelijk wilde hij piloot worden, maar met het verstrijken van de jaren is die droom vervaagd en is hij zich meer gaan richten op een eigen onderneming. Het voornaamste doel dat hij wil bereiken is om vroeg, nog vóór zijn 40ste jaar, financieel onafhankelijk te zijn. Voor financieel onafhankelijk zijn worden veel definities gegeven. Een daarvan is: financiële onafhankelijkheid houdt in dat uw netto-inkomsten groter zijn dan uw maandlasten. Maar dat is niet wat hij bedoelt. Wat hij wil zeggen is dat hij niet voor een baas wil werken, geen vaste baan wil hebben waarmee hij ook een vast inkomen verdient. Met financieel onafhankelijk bedoelt hij dat hij zelf wil bepalen hoeveel geld hij gaat verdienen. Hij wil liever kleine meester zijn dan grote knecht; hij wil liever een bescheiden zelfstandige zijn met zijn eigen bedrijf dan een grote knecht bij een baas. En dat hij om dit doel te bereiken heel hard zal moeten werken, schrikt hem niet af.

Zijn streven om financiële onafhankelijkheid te bereiken, is hem ingegeven door zijn bestudering van de maatschappij, dus van alle mensen samen, vooral de manier waarop ze leven en met elkaar omgaan. Het is hem opgevallen dat in financieel opzicht de mensen in drie welstandsgroepen kunnen worden verdeeld, namelijk de lage welstandsgroep, de middenstand en de hoge welstandsgroep. Hij spreekt niet over mensen in de betekenis van rijk of arm, maar komt tot zijn verdeling in besteedbaar inkomen, wat volgens hem de manier is waarop mensen hun geld besteden of de manier waarop ze omgaan met hun financiën. Het besteedbaar inkomen verwijst naar dat gedeelte van het inkomen dat een huishouden voornamelijk voor privé-consumptie ter beschikking staat. Besteedbaar inkomen is dus het totale persoonlijke inkomen minus de persoonlijke belastingen.

Hij ziet dat mensen uit de lage welstandsgroep sterk afhankelijk zijn van een inkomen uit een vaste baan en dat ze een bepaald uitgavenpatroon hebben. Welstand geeft de omstandigheden weer waaronder iemand leeft. Al vóór ze hun salaris (het brutoloon) in handen krijgen, heeft de overheid alvast een deel genomen als belastingen. Wat de mensen in werkelijkheid ontvangen (het nettoloon) geven ze uit aan gebruiksartikelen. Dat zijn dingen die je (dagelijks) gebruikt, zoals televisie, computers, mobiele telefoons en kleding. Ook huishuur en kosten van het uitgaan zijn onderdeel van hun maandelijkse lasten. Dit bestedingspatroon maakt ze nog meer afhankelijk van een baan, omdat ze niet sparen, geen buffer kunnen opbouwen bedoeld om een tegenslag op te vangen; dus leven ze van de hand in de tand. Deze mensen belanden in een vicieuze cirkel, waarbij ze hun loon ontvangen dat binnen korte tijd wordt uitgegeven en vervolgens gaan ze weer werken voor hun loon om het weer uit te geven. Dit proces blijven ze herhalen tot ze met pensioen gaan. Tot de lage welstandsgroep behoren vaak ongeschoolden en mensen met een lage schoolopleiding.

Volgens Dena's waarneming bestaat de middenstandsgroep uit mensen die ook afhankelijk zijn van een inkomen uit een baan, maar die doordat ze meer verdienen wel kunnen sparen en op die manier een reserve kunnen opbouwen en mede daardoor toegang hebben tot krediet bij banken en andere financiële instellingen. Ze zijn over het algemeen mbo-geschoold. Hun bestedingspatroon is doorgaans hetzelfde als dat van de mensen uit de lage inkomensgroep, maar omdat ze meer verdienen hebben ze meer financiële ruimte. Bovendien kunnen ze ook beter met geld omgaan, omdat ze hebben geleerd de tering naar de nering te zetten. Wie de tering naar de nering zet, past zijn uitgaven aan zijn inkomsten aan. De middenstand zit tussen de lage welstandsgroep en de hoge welstandsgroep, de welgestelden. Tot de middenstand behoren ook zakenmensen met een klein of zelfs middelgroot bedrijf.

De laatste groep is de hoge welstandsgroep, waarin de mensen financieel onafhankelijk zijn van een werkgever. Hij heeft gekeken naar de levensstijl van deze groep. Na bestudering heeft hij zich als doel gesteld tot de hoge standsgroep te behoren. Hij durft zich dit soort doelen te stellen, omdat hij in zichzelf gelooft en vertrouwt op eigen kunnen.

De tijd is gekomen om ideeën en dromen om te zetten in daden. Maar alle begin is moeilijk. Met iets beginnen is niet zo heel moeilijk, maar het vol te houden en ook goed af te ronden is minder gemakkelijk. Dena kan wat dit betreft een beroep doen op een stuk levenswijsheid die hem thuis met de paplepel is ingegeven, iets dat hij en zijn broers en zussen al heel jong leren: je moet eerst leren kruipen als je wil leren lopen. Met deze filosofie in het achterhoofd zet hij de eerste wankele stappen op het pad naar zijn bestemming: een eigen bouwbedrijf. Dat is niet verwonderlijk, want bouwkunde zit ook in zijn studiepakket op het NATIN. Hij wil een bouwbedrijf opzetten omdat mensen onderdak moeten hebben. Het liefst op een geschikte woonplek die rust en een veilig gevoel aan hun bestaan geeft. Sterker nog, hij wil zich helemaal inzetten voor duurzaam bouwen. Duurzaam bouwen is bouwen met bouwmaterialen uit de directe omgeving. Daarmee wil hij bijdragen aan het invullen van Sustainable Development Goals (SDG's) van de Verenigde Naties, met name duurzaam ontwikkelingsdoel 11: 'Duurzame steden en gemeenschappen'. Hij wil deze graag een stap dichterbij brengen. Hij is echter niet van plan zich te beperken tot het bouwen van woningen; ook bedrijfsgebouwen hebben zijn aandacht, maar denkend aan de levenswijsheid die hij van jongs af heeft meegekregen, zal hij klein beginnen. Hierin speelt overigens ook een ander stuk wijsheid mee: neem geen grotere hap dan je kunt kauwen.

Een eigen bedrijf starten, hoe klein ook, is makkelijker gezegd dan gedaan, vooral als je geen startkapitaal hebt. En geld heeft hij niet. Het enige dat hij bezit is een toolbox met een keur aan handgereedschappen die hij geholpen door zijn ouders door de tijden heen met veel pijn en moeite heeft aangeschaft. Dus moet hij al zijn fantasie aan het werk zetten om iets te bedenken waarmee hij geld kan verdienen. En na veel denkwerk heeft hij het eindelijk gevonden: het opzetten van een bedrijf dat tegen betaling in en rond het huis kleine verbeteringen aanbrengt of reparaties verricht. Het gaat dan meestal om een eenmanszaakje, waarbij de karweitjes worden opgeknapt door een klusjesman. Hij heeft ontdekt dat veel gevestigde, grote bedrijven van vandaag ooit zijn begonnen als klusbedrijf. Dat hij daar goede ideeën door heeft gekregen en enthousiast is geworden, is dus zo gek nog niet! Nu is de grote vraag hoe hij klanten of opdrachtgevers gaat bereiken, want als niemand weet dat hij een bepaalde dienst aanbiedt en hoe hij te bereiken is, zal hij ook geen klanten krijgen. Adverteren in de media is een kostbare aangelegenheid, maar een andere mogelijkheid is gebruikmaken van gratis adverteren zoals af en toe door enkele tijdschriften wordt aangeboden. Om zich aan de gemeenschap te presenteren heeft hij de onderstaande advertentie opgesteld en in zo'n blad laten plaatsen.

Handyman D
Voor het snel en vakkundig opknappen van allerhande karweitjes in en rondom uw huis.
Bel +597 8888167

Binnen een paar dagen krijgt hij zijn eerste klant: hij moet een waterlekkage thuis bij een mevrouw opheffen. Hij is heel blij met de eerste opdracht, maar is wel een beetje zenuwachtig. Voor morele steun belt hij zijn neef Apaapa die ook in de bouw zit om met hem mee te gaan. Apaapa is bereid; twee weten meer dan één, niet waar?

Om bij de klant te komen, moeten ze wel de bus pakken, want ze hebben geen vervoermiddel. De klant kijkt wel wat verbaasd als ze de twee voor haar deur ziet staan, maar geen bedrijfsauto of ander voertuig ziet. Ze zien er bovendien heel jong uit en helemaal niet wat ze had verwacht. 'Wie van jullie is de Handyman?' vraagt ze. 'Dat zijn wij,' antwoordt Dena beleefd maar zonder aarzelen. De mevrouw kijkt naar hun toolbox en een beetje onzeker laat ze de twee binnen. 'Ga maar mee, ik zal je laten zien waar het is,' zegt ze.

Na het waterlek dat is veroorzaakt door een gesprongen waterleidingbuis te hebben opgespoord, moet het ook gedicht worden. Apaapa legt de mevrouw uit dat er twee mogelijkheden zijn: 1) een stuk uit de gesprongen buis zagen en vervangen door een even groot nieuw stuk, of 2) het lek dichten door de breuk in de koperen buis te solderen. Solderen is een techniek om metalen onderdelen met elkaar te verbinden door middel van een materiaal, meestal een metaallegering: het soldeer. De eerste optie is natuurlijk duurder, omdat daar materiaalkosten bijkomen, maar de kans dat de buis weer zal springen op een andere plaats omdat hij door de constante druk is verzwakt, is kleiner. De breuk solderen is goedkoper, maar Handyman D kan niet garanderen dat er niet opnieuw een breuk zal ontstaan op een andere plek. De mevrouw is onder de indruk van de deskundigheid van Apaapa, maar kiest toch voor de goedkopere mogelijkheid. Op hoop van zegen, zoals ze dat zelf zegt.

Op aangeven van Apaapa draait Dena de hoofdkraan dicht en het werk kan beginnen. Apaapa kijkt in de toolbox en slaakt een zucht van verlichting. 'Wat?' vraagt Dena. 'Ik ben blij te zien dat je een elektrische soldeerbout hebt meegenomen. Ik had eerst moeten vragen of je die wel hebt en of je die hebt meegebracht vóór ik die mevrouw dat hele verhaal vertelde.' 'Dat spreekt toch vanzelf,' zegt Dena. 'Toen de mevrouw mij belde en vertelde dat ze een waterlekkage hersteld wilde hebben, heb ik nagedacht over welke tools en welke materialen ik nodig zou kunnen hebben om de job uit te voeren. Ik heb toen als eerste de soldeerbout en alles wat daar verder bij hoort in de box gezet.

Ik heb even doorgedacht en vroeg me af wat ik zou moeten meebrengen als het niet om een koperen waterleidingbuis ging maar om een buis van plastic of een andere kunststof. En voor alle zekerheid heb ik toen ook tweecomponentenlijm erbij gedaan. We zouden een slechte indruk maken als we aankomen zonder de juiste gereedschappen en materialen.

En over gereedschappen gesproken, ik heb mij ook afgevraagd welke werktuigen we nodig zouden hebben. Logisch nagedacht kwam ik op een waterpomptang, een ijzerzaag, een verstelbare sleutel, een paar ring- en steeksleutels, een stuk koperen buis, schroevendraaiers en de complete soldeerset. Alle andere gereedschappen heb ik uit de box gehaald, want ik wil niet nodeloos met de hele zware box sjouwen als we toch niet alles gebruiken.

Het is altijd belangrijk om je goed voor te bereiden op een job. Op die manier kun je brokken voorkomen. Vandaar dat ik alles voor deze job bij me heb.' Apaapa geeft hem een waarderend schouderklopje en zegt: 'Good thinking'. Daarna pakt hij de soldeerbout met toebehoren en gaat aan de slag.

Apaapa heeft jaren ervaring in de bouw en hoewel Dena ook werktuigbouwkunde heeft gedaan op het NATIN heeft hij heel veel respect voor zijn neef van wie hij heel veel leert over de bouw. Hij realiseert zich dat hij nog een lange weg te gaan heeft om op hetzelfde kennispeil als zijn neef te komen.

De mevrouw is zeer tevreden over het werk en meer nog over hun gedrag; ze vindt dat de jongens zich keurig netjes en beleefd hebben gedragen. Ze heeft geen moeite met het bedrag dat ze voor het werk vragen, maar wil wel een kwitantie. Dena en Apaapa kijken elkaar verlegen aan, want daar hebben ze nou net niet aan gedacht; ze kunnen geen kwitantie geven om de simpele reden dat ze die niet hebben.

'Oh, ik begrijp het al,' zegt ze. 'Jullie hebben geen kwitantie. Ik denk dat jullie studenten zijn die op een eerlijke manier wat geld willen verdienen en daarvoor als klusjesmannen optreden. Dat is prijzenswaardig. Dat je mij geen kwitantie kunt geven is niet zo erg. Maar als ik jullie een goede raad mag geven, zorg in het vervolg wel voor kwitanties. Het zou helemaal mooi zijn als je een stempel kunt laten maken met Handyman D erop. Dat komt professioneler over, geeft meer vertrouwen. En als je toch bezig bent, laat ook wat visitekaartjes drukken die jullie aan je klanten kunt geven, zodat die kunnen bellen als ze weer eens gebruik willen maken van jullie diensten. Hier is jullie geld. Ik zal jullie aanbevelen bij mijn kennissen, zo krijg je gratis mond-tot-mondreclame. Succes met jullie onderneming en vooral met je studie!'

Dena is zo verrast door de toespraak van de mevrouw dat het niet eens bij hem opkomt om te zeggen dat ze geen studenten meer zijn, maar dat hij doende is een eigen bedrijf op te zetten en dat zij zijn eerste klant is. Hij bezit wel de tegenwoordigheid van geest om haar namens hen beiden te bedanken voor het in hen gestelde vertrouwen en voor de bemoedigende woorden. Daarna pakken ze hun spullen, verlaten hun eerste klant en gaan op de bus wachten.

Dena heeft als Handyman D daarna nog tal van klanten gekregen met alle soorten kleine klusjes. Hij heeft het advies van de eerste klant gevolgd en een stempel laten maken voor de kwitanties. Gaandeweg is Apaapa stilzwijgend een partner geworden in het klusbedrijf, ook al is dat niet op papier vastgelegd. Ze doen hun best en werken hard, maar hun pad gaat niet altijd over rozen; er doen zich soms ook wat moeilijkheden en minder prettige situaties voor. Maar met vallen en opstaan slaan ze zich erdoorheen. Met vallen en opstaan leer je lopen, en leer je hoe het leven in elkaar zit; met vallen en opstaan leer je door te zetten. Ze zijn goed op weg, maar ondanks hun harde werken kunnen ze nog niet leven van de inkomsten uit hun arbeidsinspanningen. Daarvoor verdienen ze nog te weinig, omdat ze geen onafgebroken stroom klanten hebben en ook omdat de opdrachten te weinig geld opleveren.

Om daar verandering in te brengen, besluit Dena de volgende stap te zetten op weg naar een volwaardig eigen bedrijf: hij gaat grote bouwbedrijven benaderen en zich presenteren als onderaannemer. Een onderaannemer is een persoon of organisatie die in opdracht van een aannemer, zonder bij hem in dienst te zijn, het aangenomen werk geheel of gedeeltelijk uitvoert tegen een vastgestelde prijs. De onderaannemer verbindt zich ertoe de werkzaamheden te starten na overleg met de aannemer en de opdracht uit te voeren volgens diens schema en planning. Deze planning maakt deel uit van de overeenkomst tussen aannemer en onderaannemer, en moet stipt nageleefd worden, maar kan eventueel gewijzigd of aangepast worden in de loop van de uitvoering.

Als Handyman D hebben hij en Apaapa voldoende ervaring opgebouwd om met succes als onderaannemer te kunnen optreden. Daarvan zijn ze overtuigd. Aan zelfvertrouwen ontbreekt het hen in ieder geval niet! Hij trekt de stoute schoenen aan en zet zich gewapend met telefoonboek en telefoon aan het werk om met aannemers in contact te treden, steunend op het oude, bekende gezegde: wie niet waagt, die niet wint. De telefonische kennismaking met aannemers gaat boven verwachting goed en hij krijgt al gauw enkele uitnodigingen om langs te komen voor een persoonlijk gesprek.

In die gesprekken krijgt hij vaak te horen dat de aannemers wel bereid zijn zaken met hem te doen, maar dat hij wel over de nodige papieren moet beschikken. Die papieren bestaan uit een vergunning afgegeven door het ministerie van Handel & Industrie en de inschrijving in het handelsregister dat door de Kamer van Koophandel en Fabrieken (KKF) wordt bijgehouden. Als hij niet over de vereiste papieren beschikt, kunnen zij alleen van zijn diensten als klusjesman gebruikmaken, omdat werken als klusjesman niet vergunningsplichtig is. Dat wist Dena niet en hij is dan ook teleurgesteld als hij dat allemaal hoort.

Hij staat nu voor de keus: doorgaan als klusjesman en net genoeg loon verdienen om ervan te leven of zorgen voor de vereiste papieren om als onderaannemer het grote geld te verdienen. Doorgaan als klusjesman is kiezen voor de weg van de minste weerstand. Maar zo is hij niet opgevoed: hij heeft juist geleerd dat je hard moet werken als je je doel wil bereiken. Hij herinnert zich de opmerking: dat is wat de mannen van de jongens scheidt. En dus neemt hij het besluit de andere weg te kiezen en te zorgen dat hij aan de gestelde voorwaarden voldoet.

Tussen een aannemer en een onderaannemer bestaat er wel verschil. Een aannemer biedt een specifieke reeks vaardigheden die hij voor klanten op contractbasis kan uitvoeren. De aannemer werkt rechtstreeks voor de klant. Daartegenover heeft de onderaannemer ook specifieke vaardigheden die hij voor klanten uitvoert, maar hij heeft een overeenkomst met de aannemer en niet rechtstreeks met de klant. Onderaannemers zullen altijd werk hebben dankzij hun netwerk van aannemers.

Dena heeft bij KKF geïnformeerd naar de voorwaarden voor inschrijving in het handelsregister. Er zijn verschillende mogelijkheden en een daarvan is zijn klusjesbedrijf Handyman D in te schrijven als een eenmansbedrijf, maar daar voelt hij niet zoveel voor. Hij heeft andere plannen: hij wil een NV oprichten zodat hij als aannemer en onderaannemer kan optreden.

Hij heeft ook begrepen dat hij zich niet kan inschrijven als onderaannemer, omdat die wettelijk gezien niet bestaat. De wet kent aannemers: dat zijn ondernemingen die de verantwoordelijkheid op zich nemen om bouwactiviteiten uit te voeren en te coördineren. Feitelijk is een onderaannemer ook een aannemer, maar dan kleiner. Volgens Dena zit het verschil tussen aannemer en onderaannemer in de grootte van de onderneming, het kapitaal dat de onderneming bezit en alle materiaal en materieel. Daaronder worden alle gezamenlijke werktuigen, machines, voertuigen en bouwstoffen gerekend. Dena moet nu het besluit dat hij eerder genomen heeft uitvoeren. Hij moet stappen ondernemen om zich als aannemer te vestigen.

DEEL III

EEN NIEUW BEGIN

DE OPRICHTING VAN BOUW- EN CONSTRUCTIEBEDRIJF TAMANGO NV

Voordat iemand als ondernemer in het handelsverkeer in Suriname wil treden, moet hij voor zichzelf eerst antwoord geven op de vraag in welke branche hij dat wil doen. Enkele aandachtspunten voor het opzetten van een onderneming zijn:

- de ondernemingsvorm;
- de bedrijfsvergunning;
- de inschrijving in het handelsregister.

Dena heeft zich over al deze zaken zoveel mogelijk laten informeren. Hij is behalve bij KKF ook nog bij een notariaat op bezoek geweest om informatie te vragen. De wet geeft de notaris de bevoegdheid authentieke akten op te maken. Een authentieke akte is een document dat door een openbaar ambtenaar, als regel een notaris, is opgesteld en gewaarmerkt.

Dena heeft verder op het internet gesurft naar nog meer informatie. Hij is daar zelfs heel handig in geworden en is nog steeds Sher dankbaar dat zij hem de kneepjes van het surfen heeft bijgebracht. Hij kan het zo gek niet bedenken of hij kan het op het internet vinden. Voor hem is het internet minstens net zo belangrijk als welke schoolopleiding ook. Hij vindt dat school en internet elkaar aanvullen! En met de komst van tablets, smartphones en WhatsApp is het helemaal gemakkelijk om van alles op te zoeken. Toen hij opgroeide en op zijn 16e jaardag een laptop kreeg, kon hij daar nauwelijks mee omgaan, maar hij was destijds de koning te rijk!

Hij is vastbesloten met zijn broers een onderneming op te zetten met de naamloze vennootschap (NV) als ondernemingsvorm, een onderneming van Brokopondo door Brokopondo. Hij wil zijn bedrijf vestigen in het district van zijn afkomst en van daaruit opereren in geheel Suriname. En ook wil hij helpen met het oplossen van het woningnoodvraagstuk. Zo wil hij bijdragen aan de ontwikkeling van zijn district. Hij heeft zelfs de naam al bedacht. Zijn volgende stap is het bijeenroepen van de familievergadering, een traditie die in de loop der jaren steeds meer is verwaterd, om zijn plannen aan de rest van de familie voor te leggen. Twee weken later, op een zonnige zondagmorgen in januari, is de voltallige vergadering aanwezig in het onderhuis. De vergadering kan niet op een doordeweekse dag worden gehouden, omdat iedereen behalve moeder Kinti dan naar het werk is.

Vader Kieto is nog steeds binnenvaartschipper en lijkt het best naar zijn zin te hebben. Moeder drijft nog steeds handel met klanten in Frans-Guyana, maar heeft het niet meer zo druk als in het begin. Toiti is estheticienne geworden, een deftig woord voor schoonheidsspecialiste, iemand die zich bezighoudt met het aanbieden van en adviseren over schoonheidsbehandelingen voor lichaam en gezicht. De oudste zoon Dewsoe heeft bedrijfseconomie gestudeerd en bekleedt een hoge functie bij de overheid. Bere de tweede heeft Public Administration gedaan en is manager bij de Surinaamse vestiging van een multinational. Van de twee jongere meisjes heeft Beka bestuurskunde gedaan en is werkzaam als beleidsadviseur op een ministerie, terwijl Jojo het Instituut voor de Opleiding van Leraren heeft afgerond en nu leidinggeeft aan een school.

Vader en moeder Tamango zijn dan ook trots op hun kinderen die het allemaal goed hebben gedaan in de maatschappij. En vader Kieto kan niet nalaten daar een gepaste opmerking over te maken. 'Jullie zijn het product van je omgeving en wij, moeder en ik, zijn trots op jullie allemaal,' zegt hij met een brede glimlach. Hij kijkt ze één voor één aan en vervolgt: 'Dena, jij hebt deze vergadering aangevraagd. Ik open de vergadering en geef jou het woord.' Voor Dena iets kan zeggen, roept Bere plagend: 'Wie gaat notuleren?' 'Doe jij dat dan maar,' reageert Dena snel.

'Was maar een grapje,' antwoordt Bere op zijn beurt, want hij heeft geen zin in het maken van aantekeningen.

Dena haalt even diep adem en begint met zijn verhaal. 'Zoals jullie weten heb ik een kleine onderneming als klusjesman die ik samen met Apaapa leid en exploiteer. Dat doen we nu iets langer dan drie jaar sinds ik van het NATIN ben geslaagd, met wisselend succes. We worden er niet rijk van en kunnen nog net het hoofd boven water houden. Dat is misschien een beetje te sterk uitgedrukt, klinkt somber, maar is wel dicht bij de werkelijkheid. Niet dat we armoede lijden of zo, maar het schiet niet op. Dat is niet het doel geweest waar ik naar streefde toen ik Handyman D opzette. Dat was de aanloop naar iets groters. Daar is het na drie jaar echter nog niet van gekomen. De tijd is aangebroken om het over een andere boeg te gooien, om zaken anders aan te pakken.'

De rest van de familie kijkt hem na deze ontboezeming min of meer geschokt aan, want iedereen denkt dat hij goede zakendoet. Ze weten wel dat Dena geen prater is en nog minder een klager, vandaar dan ook dat zijn uiting van wat in hem omgaat hen onaangenaam verrast. 'Wel, wel,' zegt moeder Kinti, 'stille waters hebben diepe gronden.' Daarmee wil ze aangeven dat in of achter mensen die zich weinig uitlaten vaak meer schuilgaat dan men zou vermoeden. En Dena is daar dus volgens haar één van.

Hij maakt van de gelegenheid gebruik om hen te vertellen welke stappen hij zoal heeft gezet om via grote aannemersbedrijven aan meer werkopdrachten te komen en daarmee meer te verdienen. Hij vertelt hen over de voorwaarden die de grote aannemers stellen om Handyman D als onderaannemer te erkennen en contracten of overeenkomsten met hem te sluiten, waardoor hij van een geregeld inkomen verzekerd kan zijn. Hij geeft een uitgebreide uiteenzetting van de hindernissen die hij op zijn weg is tegengekomen en de oplossingen die hij voor de problemen heeft bedacht. De beste oplossing voor het bereiken van zijn doel is het oprichten van een aannemingsbedrijf, een NV, volgens de regels van de wet. Maar het wordt geen aannemingsbedrijf zoals alle andere, want daar zijn er al te veel van zodat het heel moeilijk wordt voor een beginnende onderneming om opdrachten te krijgen.

Hij heeft voor de op te richten onderneming zelfs al een naam bedacht en het liefst zou het een familiebedrijf moeten worden. Een NV heeft aandeelhouders. De eerste aandeelhouders zijn degenen die de NV oprichten. De vereisten voor het oprichten van de NV zijn dat deze bij notariële akte moet gebeuren; daarna volgt de inschrijving in het openbaar handelsregister van KKF. Ook moet een kapitaal worden ingebracht. Dit kapitaal moeten de eerste aandeelhouders bijeenbrengen, zij krijgen in ruil daarvoor de uit te geven aandelen.

Op dit punt gekomen stopt Dena even met zijn verhaal, zet een opbergmap die hij bij zich heeft op tafel en haalt daaruit zeven folders die hij uitdeelt. De folders bevatten alle informatie die hij van het notariskantoor, KKF en het ministerie van Handel & Industrie heeft gekregen voor het oprichten van een NV en de inschrijving daarvan. Onder het ronddelen van de folders vertelt hij dat hij als naam voor de op te richten onderneming heeft gekozen Bouw- & Constructiebedrijf Tamango NV met hem als directeur. Na deze bekendmaking stelt hij voor dat ze een leespauze inlassen, zodat ze de informatie in de folder kunnen doornemen. Ze gaan daarmee akkoord en besluiten de vergadering over twee uur te hervatten.

Vader Kieto opent met de woorden: 'Oké directeur, we hebben overleg gepleegd en gaan akkoord met de oprichting van het bedrijf zoals jij hebt voorgesteld. Vertel ons nu wat zo bijzonder is aan Bouw- & Constructiebedrijf Tamango NV.'

'Ga er maar goed voor zitten, want het is een lang verhaal,' zegt Dena. 'Het begint ermee dat ik heb gekozen voor een bouwbedrijf omdat mensen onderdak moeten hebben, ze moeten ergens wonen. Het liefst op een geschikte woonplek die rust en een veilig gevoel aan hun bestaan geeft. Sterker nog, ik wil mij helemaal inzetten voor duurzaam bouwen. Daarmee wil ik bijdragen aan de invulling van Sustainable Development Goal 7: 'Bescherming van het milieu, iedereen schoon drinkwater en minder mensen in sloppenwijken' en dit een stap dichterbij brengen.' 'Je hebt het over Sustainable Development Goal 7,' valt moeder Kinti hem in de rede. 'Dat betekent dat er meer zijn. Maar wat zijn dat voor dingen? Daar heb ik nog nooit van gehoord.' Vóór Dena hierop kan reageren antwoordt Toiti: 'Ma, je hebt toch wel van de Verenigde Naties gehoord? In het nieuws op de televisie? Nou, in 2000 hebben de lidstaten van de Verenigde Naties afgesproken om vóór 2015 belangrijke vooruitgang te boeken op het gebied van armoedebestrijding, onderwijs, gezondheid en milieu. Er zijn acht concrete doelstellingen vastgelegd: de Sustainable Development Goals. De onderwerpen van de SDG's zijn niet nieuw. Maar het is wel nieuw dat voor het eerst internationale afspraken zijn gemaakt met concrete, meetbare doelen. Elk jaar wordt de voortgang gemeten en internationaal gerapporteerd. Zo kan tussentijds druk worden uitgeoefend op zowel de rijke als arme landen om hun inspanningen te vergroten om de doelen te halen. Ook Suriname heeft zich verplicht om de gestelde doelen te halen. Onze Dena schijnt zich daar goed in te hebben verdiept en hij wil daar ook werkelijk aan bijdragen. Daar mogen wij best trots op zijn en we moeten hem alle ondersteuning geven, want waar anderen praten, lijkt hij te willen doen.' Moeder Kinti kijkt vol bewondering naar haar oudste dochter en haar jongste zoon. Dat ze dat allemaal weten!

'Bedankt zus,' zegt Dena, 'ik had het niet beter kunnen uitleggen. Maar er is meer, veel meer. Wat onze onderneming zo bijzonder maakt, is het ondernemingsbeleid en de doelstellingen. De kernactiviteit van Bouw- en Constructiebedrijf Tamango (BCT NV) is het aannemen en uitvoeren van werkzaamheden op het gebied van houtbouw en renovatie: het opzetten, aannemen en uitvoeren van bouwwerken in hout. Ons bedrijf gaat zich dus specialiseren in houtbouw. Houtbouw betekent dat als je iets wil gaan bouwen het in de basis van hout wordt gemaakt. Het gaat om de constructie van een woning of project. Bouwen met hout heeft een aantal voordelen. Milieubewust: het is een ecologische keuze, omdat bewezen is dat hout heel weinig schadelijke stoffen uitstoot. Eenvoud: het is eenvoudig te verwerken. Zeker voor kleine bedrijven is dit een voordeel, omdat verwerking met minder mankracht kan worden uitgevoerd.' Dena geeft een hele uiteenzetting hoe dat allemaal zal gaan werken.

Op een gegeven moment wordt Dena weer in de rede gevallen door zijn moeder. 'Ik vind het knap dat jij dat allemaal weet,' zegt ze niet zonder trots. 'En dat heb je allemaal geleerd met hoe heet dat ding ... lap op, oplap of hoe dat ding heet. Ik heb mij altijd afgevraagd waarom jij altijd met dat zwarte handkoffertje bezig was. Je broers keken soms ook mee en ik dacht dat jullie spelletjes aan het spelen waren.' 'Het heet laptop, ma,' zegt Dena een beetje plagerig tegen zijn moeder. 'Toen ik op mijn 16^e de laptop van pa kreeg, wist ik in het begin ook niet goed ermee om te gaan. Ik geloof dat ik in ons dorp zelfs de enige was die een laptop had. Mijn school- en klasgenoten konden mij ook niet helpen met aanwijzingen.'

Hij vervolgt zijn verhaal met te vertellen dat het enige dat hij destijds kon het apparaat aan- en uitzetten was, en spelletjes spelen. Op school was er wel een leraar die hem kon leren hoe hij de laptop moest gebruiken. Maar veel tijd had die leraar niet om hem de fijne kneepjes te leren, want hij kwam elke dag met de bus uit de stad en moest op een bepaalde tijd weer de bus pakken om naar huis te gaan. Hij geeft toe dat hij pas op LTS goed met de laptop heeft leren omgaan dankzij klasgenote Sher. Hij zegt dat zijn laptop het beste geschenk is dat hij ooit heeft gekregen en dat hij het apparaat ziet als een extra stel hersenen waarmee hij heel veel kennis kan opdoen. Voor hem is het een onmisbaar hulpmiddel geworden om zijn algemene ontwikkeling te vergroten naast alles wat hem op school is geleerd. Zijn kijk op de toekomst is daardoor veranderd.

Vader Kieto is wel ingenomen met het gebruik van technologie en alle positieve aspecten daarvan, maar wil wel een punt hierover maken. 'Wij praten allemaal nog met elkaar. Maar ik ken families waar dat niet meer gebeurt, omdat iedereen met zijn smartphone bezig is. Zelfs als ze vlak bij elkaar zitten, praten ze met elkaar via hun smartphone. Ik vind dat we elkaar moeten aankijken als we met elkaar praten en niet naar zo'n apparaat moeten staren. Gezichtsuitdrukkingen zeggen veel, soms meer zelfs dan woorden. En dat missen we als we naar een scherm zitten te loeren. Kijk maar naar onze familievergaderingen: er gaat toch niets boven persoonlijk contact? Als we allemaal een smartphone hebben, ben ik bang dat het afgelopen is met onze kuutu. We zullen allerlei excuses verzinnen om niet op de vergadering te verschijnen en de volgende stap is dat we dan via smartphones gaan willen vergaderen. Dat kan toch? Nou, gezellig is anders.' Nadat pa zijn mening heeft gegeven over het bezit van een smartphone blijft het een tijdje stil.

Moeder heeft hier iets tegen in te brengen, en voorzichtig en eerst goed nadenkend zegt ze: 'Maar het bezit van een smartphone houdt niet automatisch in dat we elkaar dan niet meer persoonlijk spreken. Stel je voor! Die smartphone kan ons toch niet dwingen om voortaan geen kuutu meer te houden?' Alle aanwezigen beseffen dat vader en moeder Tamango beiden een punt hebben, maar de jongeren gaan daar niet tegenin, omdat ze voorzien dat daar een eindeloze discussie over zal ontstaan, waardoor de aandacht wordt afgeleid van het onderwerp: de plannen voor het familiebedrijf in oprichting.

FAMII KUUTU

'Mag ik nu het woord?' vraagt Jojo. En ze krijgt een instemmend knikje van de anderen. 'Toen pa bij de opening van deze vergadering de opmerking maakte: 'Jullie zijn het product van je omgeving en wij, moeder en ik, zijn trots op jullie allemaal,' raakte dat bij mij een gevoelige snaar. Het ligt erg gevoelig bij mij, want ik heb niet alleen belangstelling voor dat onderwerp, ik heb er ook aandacht voor. Maar ik voel mij geroepen een kleine aanvulling toe te voegen aan de opmerking van pa, met alle respect overigens. Niet alleen wij als kinderen zijn het product van de omgeving, maar iedereen, ook volwassenen dus; de omgeving heeft invloed op ons gedrag. Veranderingen in ons eigen gedrag doen zich niet zomaar ineens voor, ze komen geleidelijk. Soms hebben we helemaal niet door dat onze omgeving ons gedrag direct of indirect beïnvloedt. Dan kan het gebeuren dat we ons anders gaan gedragen. Soms kunnen we onze omgeving kiezen. Maar wat als dit niet het geval is? Wat gebeurt er dan met ons en ons gedrag?

We verkeren als mens het liefst in een veilige omgeving: een plek waar we ons beschermd voelen. Daardoor voelen we ons het best in een omgeving die we al kennen, omringd door mensen die we kennen. 'Oost west, thuis best' is een spreekwoord dat meteen aangeeft dat 'thuis' een prettige plek voor ons is of in ieder geval zou moeten zijn. Dat we ons thuis meestal prettig voelen, komt doordat het een bekende omgeving is waar wij voor een groot deel meebepalen hoe de sfeer en omstandigheden zijn. Het liefst creëren we dan ook zelf een passende en prettige omgeving om ons heen. Op onze thuisomgeving hebben we tot op bepaalde hoogte invloed. Hier zijn we ook nog eens omringd door mensen die wij toelaten tot het gebied waarin wij het voor het zeggen hebben. Denk maar terug aan onze tijd in het dorp, aan de tijd dat de buren bij ons televisie kwamen kijken. Toen hebben wij andere mensen toegelaten in het gebied waar wij het voor het zeggen hebben. Dat wilde ik even zeggen.'

Als Jojo is uitgesproken, klinkt onverwacht applaus ... van de hele vergadering. En vader Kieto vat dit alles samen in één woord: 'Respect.' En zich tot Dena richtend vraagt hij of er nog punten zijn die hij wil bespreken. Zo niet dan stelt hij voor een besluit te nemen en de vergadering te sluiten. Ze zijn alles wel beschouwd alweer enkele uren bijeen voor overleg en straks is het etenstijd. Niet dat dat een probleem zal opleveren, want moeder Kinti geeft de verzekering dat er meer dan voldoende te eten is voor iedereen. Vader Kieto van zijn kant vindt ook dat de vergadering voortzetten tot na etenstijd en zelfs nog lang daarna geen probleem is voor hem, moeder en de nog inwonende kinderen, maar dat mag geen sta-in-de-weg zijn voor Toiti, Dewsoe en Bere, die misschien andere verplichtingen hebben.

De drie bij naam genoemden kijken elkaar aan en Dewsoe neemt het woord: 'Wij hebben er geen moeite mee als deze kuutu vandaag uitloopt. Ik stel daarom voor dat Dena zijn hele verhaal vandaag afdraait. Op doordeweekse dagen hebben wij in verband met onze jobs inderdaad geen tijd voor een familievergadering en volgende week zondag zien wij niet zitten ... we hebben dan inderdaad andere verplichtingen. En we voelen er niets voor om via smartphones met elkaar te gaan communiceren, want voordat je het weet, wordt het een gewoonte en dan komt uit waar pa bang voor is. Dus Dena, laten we doorgaan. Maak je verhaal af en let niet op de tijd. Maak gebruik van de gelegenheid die zich nu voordoet. En denk aan de regel die pa ons van jongs af heeft ingeprent: stel niet uit tot morgen wat je vandaag nog kunt doen.' 'Amen,' klinkt het in koor alsof dat van tevoren is afgesproken. Maar dat is natuurlijk niet zo. Het is spontaan ... een uiting voortgekomen uit een opwelling die niet door een ander of door anderen is veroorzaakt.

'Dank voor het in mij gestelde vertrouwen,' mompelt Dena. 'Ik moet eerlijk bekennen dat ik een beetje zenuwachtig ben nu ik op het punt sta een plan aan jullie voor te leggen, waar ik jarenlang over heb lopen nadenken.

Huisvesting, eigenlijk wonen, behoort tot onze primaire levensbehoeften, maar de manier waarop we wonen, is nogal gevarieerd. Het klinkt misschien een beetje gek, maar we kunnen niet *niet* wonen, want dat zou beteken dat we dakloos zijn.

Maar wonen is meer dan een dak boven je hoofd. Wonen varieert van pinahutten tot statige villa's en paleizen. Veiligheid, saamhorigheid, betrokkenheid en een schone woonomgeving zorgen voor een prettige woonsfeer. Het huis waarin iemand woont, speelt een belangrijke rol in zijn woonplezier. Een fijne woonomgeving helpt mensen om goed in hun vel te zitten. Een veilige plek om thuis te komen is belangrijk. Zo'n woonomgeving helpt om het leven op orde te houden en om structuur aan te houden. Ik heb vooral gekeken naar het leven van kinderen, hoe kinderen leven.

Wij zijn dankzij onze ouders, dat mag toch wel een keer gezegd worden, vind ik, niet opgegroeid onder te moeilijke omstandigheden. Wij hadden niet allemaal een eigen kamer, maar we hadden alle ruimte om ons in onze kamer vrij te bewegen. Een heleboel kinderen in ons dorp Brownsweg hebben dat helaas niet en ook niet in de stad. Maar dat weten jullie allemaal net zo goed als ik. Kijk waar wij zijn en kijk naar onze leeftijdgenoten die onder heel andere leef- en woonomstandigheden hebben moeten opgroeien. En in hoeveel gezinnen in ons oude dorp worden famii kuutu gehouden?

En wat Jojo tijdens haar spreekbeurt heeft gezegd over de invloed die de omgeving heeft op de ontwikkeling van de mens sluit helemaal aan op mijn gedachtegang. Ik vind dat wij levende voorbeelden zijn van wat Jojo allemaal naar voren heeft gebracht...'

'Bravo! Goed gesproken,' klinkt het uit de vergadering.

Dena put hier moed uit en gaat verder met zijn verhaal waarin hij op een informatieve manier vertelt over wonen en ontwikkeling, en hoe die moeten worden aangepakt. Hij vertelt dat op 20 november 1989 de Verenigde Naties het Internationaal Verdrag inzake de Rechten van het Kind hebben aangenomen. In dit Kinderrechtenverdrag staan 54 artikelen met afspraken over de rechten van kinderen en jongeren tot 18 jaar. Bijna alle landen in de wereld hebben het Kinderrechtenverdrag ondertekend. In 1993 tekende ook Suriname het Kinderrechtenverdrag dat in 1999 in werking trad in Suriname, nadat het eerst in het Verdragenblad was gepubliceerd.

En als ze nu de vraag stellen waarom kinderrechten belangrijk zijn, dan kan hij erop wijzen dat ongeveer een derde van de wereldbevolking kind is. Kinderen zijn afhankelijk van hun ouders en verzorgers. Naarmate ze ouder worden, zijn ze dat uiteraard steeds minder, maar desondanks zijn ze afhankelijk van anderen. En dat maakt ze kwetsbaar. Zo lopen kinderen een groter risico op bepaalde ziekten. Ook kunnen ze zichzelf nog niet goed verdedigen of beschermen. Daardoor zijn ze kwetsbaarder voor mishandeling of uitbuiting. Omdat kinderen nog in ontwikkeling zijn en daarbij afhankelijk zijn van de liefde, zorg en aandacht van volwassenen is het goed dat er kinderrechten zijn. Deze kinderrechten zijn minimumeisen waaraan voldaan dient te worden in de omgang met en zorg voor kinderen door iedereen en in het belang van ieder kind. Kinderrechten zijn er voor alle kinderen. Suriname is een land waar de meeste dingen goed geregeld zijn voor kinderen. Toch geldt dit helaas nog niet voor alle kinderen. Er groeien nog te veel kinderen in ons land op in armoede. Ook zijn kinderen hier dikwijls slachtoffer van mishandeling, misbruik of verwaarlozing. Ze kunnen niet altijd naar school en moeten heel vaak verhuizen, waardoor zij niet echt vrienden kunnen maken. Hij geeft een voorbeeld van een mevrouw die hij kent, die nu wel een geweldige vrouw is geworden in de Surinaamse samenleving. Haar naam is Letitia. Doordat haar ouders vroeg kwamen te overlijden, heeft ze moeten wonen op verschillende plekken. Soms was dat bij familieleden, maar soms ook gewoon bij vrienden van haar zussen. Zo was Letitia ook slachtoffer van mishandeling, verkrachting en verwaarlozing. Gelukkig heeft zij nu haar pad gevonden en is ze een inspirator voor jonge vrouwen in Suriname.

'Kortom, om terug te komen op mijn verhaal,' vervolgt Dena, 'ook in Suriname zijn er kinderen voor wie het belangrijk is dat hun rechten beschermd worden. Kinderrechten zijn vastgelegd in 54 artikelen. Ik ken ze niet allemaal uit het hoofd, maar ik vind Artikel 27 dat handelt over toereikende levensstandaard een van de belangrijkste. Ik moet bekennen dat ik ook dat artikel niet helemaal uit het hoofd ken. Met jullie goedkeuring wil ik Jojo vragen om Artikel 27, de leden 1 tot en met 3 van de verdragstekst voor te lezen, zodat iedereen weet waarover het gaat.'

Jojo kijkt bij het horen van haar naam eerst verschrikt op, maar wanneer ze een bemoedigende knik van pa en aanmoedigende glimlachjes van de rest van de familie krijgt, pakt ze het papier dat Dena haar aanreikt, kijkt ernaar en begint te lezen, terwijl de nieuwsgierig geworden aanwezigen aandachtig naar haar luisteren.

En Jojo leest voor:
'Artikel 27 – Toereikende levensstandaard
Verdragstekst

Lid 1 De Staten die partij zijn, erkennen het recht van ieder kind op een levensstandaard die toereikend is voor de lichamelijke, geestelijke, intellectuele, zedelijke en maatschappelijke ontwikkeling van het kind.

Lid 2 De ouder(s) of anderen die verantwoordelijk zijn voor het kind hebben de primaire verantwoordelijkheid voor het waarborgen, naar vermogen en binnen de grenzen van hun financiële mogelijkheden, van de levensomstandigheden die nodig zijn voor de ontwikkeling van het kind.

Lid 3 De Staten die partij zijn, nemen, in overeenstemming met de nationale omstandigheden en met de middelen die hun ten dienste staan, passende maatregelen om ouders en anderen die verantwoordelijk zijn voor het kind te helpen dit recht te verwezenlijken, en voorzien, indien de behoefte daaraan bestaat, in programma's voor materiële bijstand en ondersteuning, met name wat betreft voeding, kleding en huisvesting.'

Als Jojo het laatste woord heeft uitgesproken, kijkt iedereen nadenkend voor zich uit. Ze weten niet precies wat nu van hen verwacht wordt en kijken vol spanning naar Dena. En hij neemt weer het woord en zegt: 'De kern van het hele verhaal is dat elk kind recht heeft op een toereikende levensstandaard. De vraag die zich daarbij opdringt, is *wat* is een toereikende levensstandaard? Volgens alle documenten die ik over dit thema heb gelezen, moet hieronder worden verstaan een levensstandaard die toereikend is voor de lichamelijke, geestelijke, intellectuele, morele en maatschappelijke ontwikkeling. Dus: ieder kind heeft recht op basisvoorzieningen om veilig en gezond te kunnen opgroeien. Denk aan recht op onderdak, kleding, voldoende eten en drinken, gezondheidszorg, onderwijs en speelmogelijkheden. Kinderen die opgroeien in armoede hebben minder kansen om zich goed te ontwikkelen en hun talenten te ontplooien. Zij ondervinden vaker de negatieve gevolgen van sociale uitsluiting, afzondering van een bevolkingsgroep uit de maatschappij en achterstelling.

Ik vertel jullie niets nieuws; dat hebben we allemaal meegemaakt, maar gelukkig niet zelf ondervonden dankzij onze ouders die geen geleerde woorden nodig hebben om te begrijpen waar het allemaal om gaat en hun best hebben gedaan om ons die toereikende levenstandaard te bieden. En laat mij herhalen wat ik eerder heb gezegd: wij zijn jullie daar bijzonder dankbaar voor.' En weer wordt hij door applaus onderbroken, ditmaal ondersteund door een hard stemgeluid van ... zijn oudste broer, die roept: 'Make some noise', zoals ze dat zo vaak op tv horen en zien. En lawaai maken ze, terwijl vader en moeder elkaars hand vastpakken. Als het lawaai geluwd is, hervat Dena zijn verhaal.

'Het bieden van ondersteuning op het gebied van huisvesting wordt nadrukkelijk genoemd als onderdeel van dit recht. Het hebben van een veilige plek om te wonen is een van de fundamentele elementen van de menselijke waardigheid, fysieke en geestelijke gezondheid. Het maakt deel uit van de algemene kwaliteit van leven. Het VN-Kinderrechtencomité heeft aangetekend dat het recht op huisvesting samenhangt met zo ongeveer elk recht in dat verdrag.'

'Als ik goed naar je heb geluisterd, dan heb jij plannen om houten huizen te gaan bouwen,' zegt vader Kieto. 'En dat moet bijdragen aan het tegengaan van het woningtekort in Suriname, en verder hoef je niet veel te importeren, want we hebben veel hout in Suriname. We hebben ook in het verleden veel huizen van hout gebouwd in de stad, in de districten en in het verre binnenland. Het huis waarin we wonen is van hout. Daar hebben we een paar jaar geleden met z'n allen voor gekozen,' sluit Kieto af. 'Alleen zie je dat tegenwoordig niet meer,' zegt Dena en daarom wil hij hout weer introduceren als de voornaamste grondstof voor bouwen in Suriname. De Tamango-woningen,' zegt Dena enthousiast. Eerst wil hij starten als onderaannemer, want daarvoor is er nu al een markt.

Iedereen stemt voor, het voorstel wordt aangenomen, en Dena krijgt de opdracht het nodige voorbereidende werk te doen, de NV officieel bij de notaris op te richten en in te schrijven bij KKF. Zijn droom wordt nu werkelijkheid: een eigen onderneming van Brokopondo voor Brokopondo.

'Gefeliciteerd allemaal en vooral Dena. Maar wees je ervan bewust dat wij allemaal de schouders eronder moeten zetten om het tot een succes te maken. Droom het! Leer het! Bouw het!' Met deze inspirerende woorden sluit vader Kieto de vergadering.

De auteur

Jerry Finisie (geboren in 1977) komt oorspronkelijk uit Brokopondo, Suriname, waar hij is opgegroeid. Hij heeft een Master of Science in Public Administration behaald en momenteel volgt hij een MBA-opleiding in financiën en duurzaamheid aan het Robert Kennedy College in Zwitserland, verbonden aan de University of Cumbria in Engeland. Met meer dan 20 jaar ervaring richt hij zich op het oplossen van ontwikkelingsvraagstukken in achtergestelde gebieden en het helpen van individuen om hun potentieel te bereiken via motivational speaking, life coaching en leadership mentoring. Jerry is ook een enthousiaste sportliefhebber en hij houdt van voetballen, thaiboksen en weightlifting. Verder houdt hij van hengelen en is een gepassioneerd lezer. Hij woont in Paramaribo met zijn vrouw en heeft zes kinderen (4 jongens en 2 meisjes). Hij heeft eerder artikelen geschreven en dit is zijn debuutroman getiteld „Van waar je ook komt!"